KB055772

로크미디어가
유혹하는
재미있는 세상
ROK
MEDIA
로크미디어

폐황제가 되었다

폐황제가 되었다 1

2021년 2월 2일 초판 1쇄 인쇄
2021년 2월 5일 초판 1쇄 발행

지은이 송제연
발행인 이종주

총괄 김정수
경영지원 배진경 임혜솔 송지유

기획 팀 이기헌 왕소현 박경무 강민구
책임 편집 오영란

발행처 (주)로크미디어
출판등록 2003년 3월 24일
주소 서울시 마포구 성암로 330 DMC첨단산업센터 3층 318호, 319호
Tel (02)3273-5135 **편집** 070-7863-8596 **Fax** (02)3273-5134
홈페이지 rokmedia.com **E-mail** rokmedia@empas.com

값 8,000원

ISBN 979-11-354-9534-2 (1권)
ISBN 979-11-354-9533-5 04810 (세트)

폐황제가 되었다

송제연 판타지 장편소설 1

Contents

낯선 어느 곳

안녕하세요. 포킹덤의 작가 '질긴놈'입니다. 5년 동안의 대장정을 마쳤습니다. 잊지 않고 읽어 주신 독자님께 감사의 인사를 드립니다. 성실한 독자님을 위해 새로운 플랫폼을 안내해 드리고자 합니다. 독자님께서 새로운 플랫폼을 경험하시고 어떠한 반응을 보이실지 무척이나 궁금합니다. 저는 독자님께서 만족감을 느끼실 것이라 믿어 의심치 않습니다. 그동안 감사했고 즐거웠습니다. 독자님의 앞날이 언제나 희망차기를 기원합니다.

마지막 문장을 읽은 민용이 잔뜩 얼굴을 찌푸렸다.

"미친놈."

민용은 손에 들고 있던 스마트폰을 침대로 던져 버렸다.

포킹덤에 빠져 연재되는 족족 읽은 지가 무려 3년이다.

평소 영지물이나 대체역사 장르를 좋아했기에 비슷한 종류의 글이 연재되면 닥치는 대로 읽어 버렸다. 그러던 중에 발견한 신작이 바로 질긴놈의 포킹덤이었다.

제목을 보고서는 삼국지를 기반으로 쓰인 대체역사 소설이라 여겼다.

'이번엔 누굴 주인공으로 삼국지를 썼을까?'라는 기대를 품고 읽기 시작했다.

삼국지를 기반으로 쓰인 대체역사 소설은 나올 만큼 나왔다. 오죽하면 삼국지에 등장하는 인물이 아니라 가상의 인물을 등장시켜 쓸 정도이겠는가.

신인 작가인 만큼 참신한 인물을 등장시킬 것이라는 기대로 첫 편을 읽었다.

그러나 이게 웬걸, '질긴놈'이라는 필명을 가진 신인 작가의 포킹덤의 내용은 대체역사와는 거리가 멀어도 한참 멀었다.

작가는 판타지를 배경으로 소설의 탈을 쓴 가상 역사서를 연재하고 있었던 것이다.

처음에는 얼마 가지 못해 포기할 것이라 여겼다.

거대한 스케일과 치밀한 설정으로 무장한 글들이 종종 등장하지만 크게 성과를 내지 못하고 연중이나 연재 포기를 하는 경우가 다반사였기 때문이다.

하지만 질긴놈은 민용의 확신을 비웃는 것처럼 열과 성을

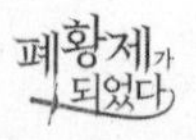

다해 연재를 이어 나갔다.

무엇보다 대단한 것은 5년 동안 하루도 빠짐없이 연재를 했다는 것이다.

연재에 관한 한 질긴놈은 엘리트였고 모든 작가의 귀감이었다.

그 꾸준한 연재는 어떠한 작가든 간에 본받아야 할 것이었지만 안타깝게도 포킹덤은 크게 인기를 얻지는 못했다.

이유는 간단하다.

재미가 없었기 때문이다.

조선왕조실록 원본을 읽으면 과연 재미가 있을까?

삼국지라는 희대의 명작도 나관중의 연의로 유명한 것이다.

정사인 진수의 삼국지가 알려지지 않은 이유가 무엇이겠는가.

사람마다 판단의 기준은 다르겠으나 적어도 민용이 생각하기엔 재미가 없었기 때문이고, 어지간한 마니아가 아니고서는 읽어 볼 엄두를 내지 못한다.

포킹덤이 바로 그러했다.

작가는 자신이 만든 세계관을 토대로 하나의 역사서를 만들어 버린 것이다.

정확히는 모르겠지만 권수로 따져 보자면 대략 150~170권이 넘는 분량의 글을 5년간 썼다.

어쩌면 200권 이상일지도 모르겠다.

여하튼 어지간히 미치지 않고서야 할 수 없는 일이었다.
"그걸 끝까지 읽은 나도 미친놈이고."
작가의 마지막 인사는 마치 자신을 향하고 있는 것 같았다.
시간이 제법 흐른다면 포킹덤을 완독하는 다른 독자가 나타날 것이지만, 현재는 끝까지 읽은 사람은 자신뿐이었으니까.
"근데 새로운 플랫폼은 뭐지?"
머릿속에 자연스럽게 웹툰과 게임이 떠올랐으나 민용은 이내 고개를 저었다.
웹툰이나 게임으로 제작되기 위해서는 어느 정도 인기를 얻어야 했다.
평균 조회 수가 100도 되지 않고 마지막 500편 정도는 조회 수가 1에 불과했다.
무료연재였다면 다소 높을 수는 있겠지만 작가는 무슨 자신감이었는지 유료연재를 고집했다.
'그걸 돈 내고 꼬박꼬박 챙겨 봤으니.'
민용은 씁쓸하게 웃었다.
매일같이 언제 끝나냐며 불평을 토로했다.
기다리던 포킹덤이 완결되었지만 만족감보다는 아쉬움이 더 컸다.
버릇처럼 읽어 왔던 글을 더 이상 볼 수 없기 때문이리라.
민용은 침대에서 상체를 일으켜 던져두었던 스마트폰을 다시 잡았다.

1편부터 다시 보고 싶었다.

민용은 재미있는 내용이 아님에도 흥미로운 눈빛으로 스마트폰에서 눈을 떼지 못했다.

그렇게 포킹덤을 읽다가 몰려오는 잠을 이기지 못하고 결국 눈을 감았다. 잠들기 전에 떠오르는 것이 있었다.

'새로운 플랫폼은 뭐지?'

"어째서 깨어나시질 않는 것인가?"

"그것이……."

"벌써 사흘째란 말일세. 아무 이상이 없다면서 금방 깨어날 것이라 한 것은 자네란 말이야. 입을 다물고 있지 말고 어서 말을 해 보게."

"저, 저도 이유를 잘 모르겠습니다."

"모르겠다니!"

"죄송합니다."

"이제 와 그런 소릴 하면 어찌한단 말인가!"

"외상으로 인한 것이라면 얼마든지 확답을 드릴 수 있습니다. 제가 깨어날 것이라 말씀드린 것은 정신적 충격이 없을 경우입니다. 만약 외상으로 인한 혼절이 아니라 정신적 충격으로 인해 정신을 잃으신 것이라면 저로서도 뭐라 말씀드리기 어렵습니다. 아시다시피 큰일을 겪지 않으셨습니까.”

“하아…….”

“지금으로서는 깨어나실 때까지 기다릴 수밖에 없습니다.”

“이것 참, 이걸 어찌해야 한단 말인가. 어서 빨리 깨어나셔야 하는데.”

“최선을 다해 보겠습니다. 하지만 확답을 드리진 못할 것 같습니다.”

민용은 달콤한 잠자리를 방해하는 시끄러운 소리에 짜증을 가득 담아 몸부림쳤다.

“엇! 방금 몸을 뒤척이셨습니다. 아무래도 조만간 깨어나실 것 같습니다.”

“참말인가?”

“이번엔 확실합니다. 깨어나지 못하실 것이라면 아무런 움직임도 보이지 않았을 겁니다.”

“다행이군. 천만다행이야.”

잠에 빠져 있던 민용은 눈을 부릅떴다.

혼자 살고 있는 집에 대화 소리가 들려오고 있었다.

일반적으로는 있을 수 없는 일이다.

민용이 떠올릴 수 있는 상황은 하나뿐이었다.

‘도둑!’

민용은 황급히 몸을 굴려 침대를 벗어났다.

경계심 가득한 눈빛으로 주변을 살폈고 어렵지 않게 낯선 사람들을 찾아낼 수 있었다.

보디빌더를 연상시킬 정도로 우람한 체구를 지니고 있는 노인과 상대적으로 왜소한 중년 사내였다.

"폐하?"

보디빌더 노인이 다가오자 민용은 뒷걸음치며 거리를 유지했다.

"아이고, 그렇게 막무가내로 다가가시면 안 됩니다. 폐하께서는 지금 혼란을 겪고 있으실 겁니다. 정신적 충격으로 인해 혼절했다가 깨어나는 분들 중에 상당수가 일시적으로 기억을 잃어버리는 경우가 있습니다."

중년 사내의 말에 보디빌더 노인이 민용에게 다가가던 걸음을 멈췄다.

"기억을 잃으셨다고?"

"그렇습니다. 머리에 직접적인 충격이 가해지거나 정신적 충격이 크면 기억에 문제가 생기는 경우가 종종 일어납니다. 이러한 증상이 일시적일 수도 있으나 경우에 따라서는 오래 지속되기도 하지요. 지금 폐하의 반응을 보십시오. 우리를 낯설어하시는 것 같지 않습니까."

보디빌더 노인은 민용을 물끄러미 바라보다가 조심스럽게 뒤로 물러났다.

"확실히……."

"이런 경우엔 조심스럽게 행동해야 합니다. 강요나 압박이

가해지면 폐하께옵서 자해를 시도할 수도 있습니다."

"어허! 어찌 그리 망극한 말을 함부로 내뱉을 수 있단 말인가!"

민용은 대화를 듣고 있다가 번개를 맞은 것처럼 몸을 떨었다.

저들이 나누고 있는 대화에 사용되는 언어가 한국어가 아니었기 때문이다.

놀라운 점은 그것뿐만이 아니다.

한국어가 아님에도 어찌 된 일인지 자신은 그것을 알아듣고 있었다.

"소신도 걱정이 되어 드리는 말씀입니다. 지금 당장 해야 할 일은 폐하께서 안정을 취할 수 있도록 해 드리는 것입니다. 사흘 만에 깨어나신 만큼, 몸도 정상이 아니실 것이고요."

얼굴을 붉힐 정도로 흥분했던 보디빌더 노인이 차츰 안정을 되찾았다.

"알겠네. 상황이 급박하긴 하지만 일단 폐하의 옥체가 우선이니 말이야."

"그리고 이틀 동안 물조차 드시지 못한 만큼 미지근한 물과 소화가 잘되는 수프를 준비해야 합니다. 따뜻한 것을 드시면 폐하의 옥체는 물론이고 심신 안정에도 도움이 될 것입니다."

중년 사내의 말에 보디빌더 노인은 짙은 한숨과 함께 고개를 끄덕였다.

"자네 말대로 해야겠어."

보디빌더 노인이 민용을 바라보며 말을 이어 나갔다.

"음식을 따로 준비하도록 할 것이니 거르지 말고 꼭 드셔야 합니다. 충분한 휴식 시간을 드리고 싶지만 사정이 여의치 않아 그럴 수가 없는 처지입니다. 소장은 저녁에 다시 찾아뵙도록 하겠습니다."

민용은 낯선 이들이 물러나는 것을 지켜보고 있다가 완전히 사라지자 두 손으로 머리를 부여잡았다.

'뭐야? 뭐가 어떻게 된 거야!'

정신적인 충격이 얼마나 심했는지 이제는 어지럼과 함께 구토가 올라왔다.

민용은 복잡한 머리를 정리하기 위해 안간힘을 썼다.

'생각을 해 보자.'

무슨 일이 일어난 것일까?

마땅한 답을 찾을 수가 없다.

민용을 지배하고 있는 혼란은 쉽사리 사라지지 않았다.

가장 먼저 떠올릴 수 있는 건 꿈이었다.

'꿈이겠지. 그래, 꿈일 거야. 꿈이 아니고서야 말이 안 되지.'

나름의 답을 찾아내자 어지럼과 구토가 가셨다.

안정을 되찾은 민용은 몸을 돌려 창밖을 바라보았다.

그러고는 자신도 모르게 뒷걸음쳤다.

"이게……."

투박하게 만들어진 건물과 두꺼워 보이는 담이 눈에 들어왔다.

망설이다가 창으로 가까이 다가가자 보이지 않던 것들이 보였다.

담이 아니라 벽이었다.

민용은 나무로 만들어진 창문을 잡고서 밖으로 고개를 내밀었다.

창밖으로 고개를 내민 민용의 시야를 벽이 가로막아 버렸다.

벽을 왜 이렇게 크고 높게 만들었나 싶었으나 이내 벽이라 여긴 것이 길게 연결되어 있다는 것을 확인할 수 있었다.

"성벽이라고?"

민용은 양손으로 뺨을 쳤다.

볼에 전해지는 따끔함에 정신이 번쩍 들었다.

민용은 당장 밖으로 뛰쳐나가 사람들을 붙잡고 물어보고 싶었다.

문에 달려 있는 손잡이까지 잡았던 민용이었으나, 밖으로 나가지 못하고 침대로 돌아왔다.

'차분히 생각하자.'

이대로 밖으로 뛰쳐나가서 무엇을 할 수 있겠는가.

직접 눈으로 확인한다고 낯선 세계를 파악할 수 있는 것은 아니다.

보디빌더 노인이 저녁에 찾아올 것이라 했다.

밖으로 나가 직접 확인하는 것은 그의 이야기를 들은 뒤에 해도 늦지 않는다.

민용은 두 팔로 배를 감쌌다.

허기가 느껴진 탓이다.

팔과 다리를 내려다보니 절로 한숨이 터져 나왔다.

원래의 몸이 아니었다.

낯선 환경, 낯선 인물, 낯선 언어, 낯선 몸.

민용이 자신에게 일어난 일을 파악해 보려 애쓰고 있을 때 새로운 인물이 침실 안으로 들어왔다.

확연히 눈에 띌 정도는 아니었지만 어디에 가서든 예쁘다는 말을 들어 봤음 직한 여인이었다.

그녀는 민용과 눈이 마주치자 크게 놀라며 황급히 고개를 숙여 시선을 떨어트렸다.

그러고는 양손으로 들고 있던 쟁반을 침실에 마련된 탁자에 내려놓고 꺾어질 정도로 깊숙이 허리를 숙여 공손히 말했다.

"야채와 생선을 고르게 다져 만든 수프입니다."

음식에 대한 설명을 마치고 여인이 허리를 숙인 채로 뒷걸음질 쳐 침실을 빠져나갔다.

민용은 쟁반에 담긴 수프를 물끄러미 바라보다 허기를 이기지 못하고 입에 가져갔다.

배가 든든해지자 복잡한 생각이 차곡차곡 정리가 되었다.

믿기지 않지만 시간 이동이나 차원 이동을 한 것으로 보인다.

'아! 그게 있었지.'

민용은 문을 열어 침실 밖으로 고개를 내밀었다.

단서를 찾아

"폐하!"

침실 주변엔 무려 10명이나 되는 인원이 대기 중에 있었다.

그들은 누구랄 것 없이 허리를 숙였다.

민용은 말문이 막혔다.

'폐하'라는 단어 때문이었다.

보디빌더 노인과 중년 사내가 '폐하'라는 단어를 내뱉었으나 그리 신경 쓰지 않았다.

듣기는 했으나 그 호칭이 자신을 칭하는 것이라 여기지 않았다.

'폐하라면, 황제인데.'

정리되었던 머릿속이 다시 뒤죽박죽 엉켜 버렸다.

민용은 한참 동안 입을 열지 못하고 있었으나 말을 재촉하는 이는 없었다.

침실 입구에 대기 중인 자들은 허리를 숙인 채로 침묵을 지키고 있을 뿐이었다.

"책은 어디에……."

길게 이어진 침묵을 깨고 입을 열었던 민용은 중간에 말을 끊었다.

존대가 흘러나오는 것을 틀어막은 다음 다시 말을 이었다.

"서재는 어디에 있나?"

"모시겠습니다."

대답과 함께 사람들이 허리를 폈다. 그럼에도 누구도 민용과 눈을 마주치지 않았다.

그들은 민용과 일정한 거리를 유지하며 서재로 안내했다.

민용은 서재로 이동하는 동안 네모난 창을 통해 바깥 풍경을 눈에 담을 수 있었다.

들판과 산, 바다가 눈에 들어왔다.

스치듯이 본 것이 전부였지만 풍광 자체는 대단히 수려해 보였다.

민용은 서재에 도착했다.

서재라면 흔히 벽면을 가득 메운 책장과 그 책장을 빼곡히 채우고 있는 책들을 떠올릴 것이나 민용의 눈앞에 나타난 서재는 그것과는 거리가 멀어도 한참 멀었다.

황제라면 황궁에 있을 것이고 황궁에 있는 서재라면 당연히 어마어마한 규모를 자랑할 것인데.

안내받은 서재는 규모를 평할 만한 수준이 아니었다.

서재라는 이름이 무색하게 5단 책장 하나가 벽면에 놓여 있었고 가득 채워진 상태도 아니었다.

대충 훑어보자면 20~30권가량의 책이 전부인 것 같았다.

무슨 놈의 황궁 서재가 이리도 볼품없단 말인가.

"없는 것보다야 낫긴 하다만."

민용은 아쉬움을 뒤로하고 책을 펼쳤다.

낯선 글자이긴 하지만 읽을 수 있단 사실에 안도했다.

에소니아 제국사 3권.

그 첫 페이지에 적힌 글이다.

이 책의 제목인 것 같았다.

에소니아 제국.

민용에게는 익숙한 글자이고 자연스럽게 떠오르는 것이 있었으나 이내 고개를 저었다.

"에이, 그럴 리가 없잖아."

민용은 잠시 머릿속을 스쳐 간 생각을 부정했다.

그리고 책을 이리저리 훑어보았다.

한참 동안 책을 살피다가 책을 덮어 버렸다.

귀신이라도 본 것처럼 민용의 얼굴에 핏기가 사라졌다.

"이게 말이 돼?"

민용은 두 손으로 머리를 움켜잡았다.

겉으로 드러내진 않았지만 심적 충격이 어마어마한지라 귓가에서 이명이 울렸다.

눈앞이 깜깜하다는 말은 이런 경우를 두고 만들어졌으리라.

민용은 불안과 초조함을 이기지 못하고 손가락으로 바짝 말라 버린 입술 껍질을 잡아 뜯었다.

"이런 게, 가능할 리가 없잖아."

민용의 시선이 다시 책상에 놓인 책으로 향했다.

꿈이 아니라는 것을 알고 있었지만 지금 이 순간만큼은 간절하게 꿈이길 원했다.

민용은 마른침을 삼켰다. 그리고 시선을 아래로 내렸다.

두꺼운 책이 눈에 들어왔다.

민용은 덮여 있던 책을 다시 펼쳤다.

낯선 글자이지만 읽을 수 있었다.

마치 한글처럼 자연스럽게 말이다.

그것도 놀라운 마당에 책 내용까지도 민용에게 충격을 선사했다.

책에서 언급된 내용.

에소니아 제국.

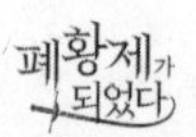

에소니아 제국이라는 단어는 민용에게 익숙했다.

3년간 지겹도록 읽었던 포킹덤의 주요 배경이었기 때문이다.

질긴놈이라는 필명을 가진 작가가 연재한 포킹덤은 에소니아 제국의 황혼기부터 새로운 나라가 건국되고 다시 통일되어 제국이 되는 과정을 그리고 있었다.

포킹덤이라는 소설 속에서나 존재할 에소니아 제국의 역사서가 어찌 눈앞에 떡하니 자리할 수 있단 말인가?

포킹덤에서는 500년간 이어진 에소니아 제국의 역사를 중간중간 등장시켰다.

에소니아 제국의 큼지막한 사건들은 민용의 기억 속에 생생히 담겨 있었다. 그 기억 속의 사건들이 눈앞에 있는 책에 모두 기록되어 있었다.

그것도 아주 상세히 말이다.

이것이 의미하는 것이 무엇이겠는가?

여러 가지 경우의수를 생각해 보았지만 민용이 최종적으로 내린 결론은 다음과 같았다.

소설 속 캐릭터에 들어온 상태라는 것.

불안감에 심장이 요동치고 숨이 턱 하고 막힌다.

민용은 수차례 숨을 고르며 불안감을 진정시키기 위해 애썼지만 쉬이 떨쳐 낼 수가 없었다.

그럼에도 차분하게 그리고 냉정히 생각해야 한다고 되뇌는 민용이었다.

숨을 골라 요동치는 심장을 진정시킨 민용이 차분히 생각했다.

가장 먼저 알아봐야 할 것은?

'어떤 황제냐는 건데.'

소설 속으로 들어온 것이라면 몸의 주인은 누구이며 소설의 어느 시점인지를 서둘러 파악해야 했다.

'떠올려 보자.'

3년이나 읽은 글이다.

차분하게 기억을 더듬어 나간다면 분명 떠오를 것이다.

포킹덤의 세계관은 그야말로 난세였다.

대륙 곳곳에서 전란이 일어났고 칼에 맞아 죽거나 굶어 죽거나, 여하튼 죽어 나가는 이들이 부지기수였다.

그 치열함은 삼국지에 버금간다고 할 수 있었다.

이런 세계에서 살아간다는 것은 결코 쉬운 일이 아니었다.

혼돈과 무질서의 세계에서 살아남기 위해서는 우선 몸뚱이의 주인이 누구인지부터 파악해야만 했다.

그나마 다행스러운 점은 결정적인 힌트가 3개나 주어졌다는 것이다.

첫 번째 힌트는 사람들이 자신을 폐하라 부르는 것.

이를 통해서 유추해 낼 수 있는 것은 에소니아 제국의 황제이거나, 에소니아 제국이 무너지고 새롭게 들어서는 제국의 황제라는 것이다.

'에소니아 제국의 황제라면 똥 밟은 건데…….'

민용은 눈을 찌푸렸다.

포킹덤에서 등장한 에소니아 제국의 황제들은 누구랄 것 없이 그 끝이 좋지 않았다.

암살당하거나 쫓겨나거나 실종되거나, 그것도 아니라면 자살을 강요받았다.

그러나 민용이 에소니아의 황제를 가장 먼저 떠올린 것은 두 번째 힌트 때문이었다.

에소니아 제국사라는 책이 존재한다는 것.

새로운 제국이었다면 황제가 머물고 있는 곳에 전조의 역사책을 비치해 놓을 리가 있겠는가.

마지막 힌트는 황제가 머무는 곳치고는 지나치게 소박한 건물이다.

새로운 제국이 열렸다면 황제의 권력은 그야말로 압도적일 수밖에 없다.

권력의 정점에 있는 황제가 머무는 곳이다. 설사 어떠한 이유로 황궁이 아닌 다른 곳에 머문다 할지라도 이토록 소박할 수는 없었다.

"환장하겠네."

민용은 어깨를 축 늘어트리고 서재에 있는 책들을 훑어보았다.

에소니아 황제가 아닐 가능성을 찾기 위함이었다. 그러나 읽으면 읽을수록 민용의 얼굴은 굳어졌다.

최악의 상황이 머릿속에 그려져 나갔다.

책을 읽다 보니 어느새 저녁이 찾아왔다. 밖에서 누군가의 목소리가 들려왔다.

"근위대장 알베스 경이 도착했습니다."

보디빌더 노인이 해가 지면 찾아올 것이라 했다.

그의 이름과 직책을 자연스럽게 알게 되었다.

"들이라."

민용의 허락이 떨어지자 서재의 문이 열렸고 낮에 만났던 보디빌더 노인, 아니 이젠 노기사라고 불러야 할 그가 들어왔다.

민용은 알베스에게 앉을 것을 권했으나 그는 바닥에 납작 엎드려 울먹였다.

"뭐 하는 거지?"

민용의 물음에 알베스는 이마로 바닥을 세 차례 찧고서 답했다.

"소장이 무능하고 어리석어 폐하께서 아끼시는 분들을 지키지 못했나이다."

민용은 정보에 목이 마른 상태였다.

"무슨 말을 하는 것인가?"

"대공 전하와 공작님 모두 암살자들에게 희생당하셨습니

다.”

민용의 머릿속 깊숙한 곳에 머물러 있던 기억이 번개처럼 번뜩였다.

“데일…….”

알베스는 민용의 중얼거림을 듣고 다시 한번 머리를 바닥에 찧었다.

“그러하옵니다. 데일 대공 전하와 세실리아 공작께서 반역자들이 보낸 암살자의 마수에 걸려 목숨을 잃으셨습니다.”

민용은 몸뚱이의 주인이 누구인지 깨달았다.

데일 대공과 세실리아 공작이라면 황제의 안전을 책임졌던 먼 친척으로 서로가 친남매처럼 가깝게 지냈던 자들이 아닌가.

이것으로 확실해졌다.

몸뚱이의 주인은 익스 에소니아다.

민용은 절망적인 상황에 절로 눈이 감겼다.

‘젠장!’

침대에 걸터앉은 민용이 나지막하게 중얼거렸다.

“도망갈까?”

민용은 이내 고개를 저었다.

많은 이들이 시퍼렇게 눈을 뜨고 경계에 나선 상황이다. 이를 피해 성을 빠져나간다는 것은 사실상 불가능한 일이었다.

코렌스.

현재 민용이 거주하고 있는 나무노래성이 자리 잡은 제국 서쪽 일대를 지칭하는 명칭이다.

코렌스로 이동하는 동안 암살자들의 습격이 있었고, 그 과정에서 황제는 어찌어찌 살아남았지만 황제의 측근이자 먼 친척인 대공과 공작은 암살자들에게 살해당했다.

알베스는 근위대장으로서 황제가 머물고 있는 성에 병력을 배치해 다시 이어질지 모르는 암살에 대비하고자 했다.

이를 증명하듯이 수십 명의 병사들이 성 요소요소에 배치되어 있다.

“그러면 뭐 하나. 암살자에게 당해 반병신이 되는데.”

민용은 나무 창문을 열어 밖을 바라보았다.

화려한 불빛은 없지만 달빛이 밝아 시야를 완전히 가로막진 않았다.

“어떻게 하지?”

포킹덤의 시작은 제국의 25대 황제 르렘의 갑작스러운 죽음으로부터 촉발된 황위 쟁탈전부터다.

제국의 내전은 1년간 일곱 번의 황위 교체가 이루어질 정도로 치열하게 전개되었다.

민용이 기억하기로는 1년간의 황위 쟁탈전을 대략 반 권 정도로 정리하고 다음과 같은 문장으로 마무리 짓는다.

32대 황제 익스 에스니아의 폐위는 제국의 권위를 완전히 무너트

림과 동시에 제국이 전란의 시대로 접어들었음을 알리는 신호탄이었다.

반역자들에게 폐위당한 황제 익스 에소니아.

"왜 하필 익스냐고!"

민용은 이를 갈았다.

차라리 새롭게 등극한 황제의 몸뚱이가 더 좋았을 것이다.

허수아비 노릇은 하겠지만 적어도 10년 동안 죽을 염려는 없을 테니까.

민용은 기억을 더듬어 소설에서 언급된 익스의 행적을 간략하게 정리해 보았다.

코렌스로 피신하는 도중에 암살자들의 습격이 있었지만 생존.

코렌스의 나무노래성에 도착하였으나 닷새 후에 다시 한번 암살자들의 습격이 이루어짐.

살아남긴 했으나 암살자들에 의해서 독에 중독.

중독된 익스는 두 달 동안 시름시름 앓다가 결국 사망.

"이틀이나 지났으니 이젠 사흘 남았다는 건데. 젠장, 그냥 콱 죽어 버릴까?"

소설 속 캐릭터에게 빙의된 것도 당황스러운 마당에 사흘 후에 죽을 상황이다.

-긴급 공지 : 익스 에소니아 캐릭터 사망 시 시스템이 강제 종료됩니다. 시스템 강제 종료는 치명적인 에러를 일으켜 접속자의 안위에 큰 위해를 일으킵니다. 주의하십시오.

"미치겠네."

눈앞에 나타난 메시지 창에 민용은 황당했다.

시스템은 또 뭐란 말인가!

온갖 생각들이 머릿속을 채웠으나 민용은 빠르게 생각을 수습했다.

소설 속으로 들어와 캐릭터에 빙의된 마당에 메시지 창과 시스템 등장이 무슨 대수겠는가.

이러다가는 나중에 떡하니 퀘스트 창이 보이는 것이 아닌지 모르겠다.

문득 떠오른 생각에 민용은 고개를 저으며 헛웃음을 보였다.

"이젠 별생각이 다 드네."

죽으면 원래대로 돌아갈 수 있을 것이란 막연한 기대감이 있었는데, 이렇게 되면 어떻게든 살아남아야 한다는 소리다.

"어떻게 하지?"

오늘 밤이 지나면 이틀 후에 이 빌어먹을 황제는 암살자들의 습격을 받고 독에 중독된다.

해독약을 찾으면 살아남을 수 있겠으나 문제는 암살자들이 가지고 있는 독이 여느 독과 차원을 달리한다는 것이었다.

"흑마법이 문젠데."

흑마법사의 지원을 받는 암살자를 단순히 병력을 늘린다고 막아 낼 수는 없었다.

뭐든 해야 했기에 민용은 침실을 서성이며 머리를 짜냈다.

"내가 뭘 할 수 있을까?"

자랑할 만한 점이라면 포킹덤이라는 소설을 완결까지 읽었다는 것.

이것이 의미하는 것이 무엇이겠는가.

이쪽 세계의 미래를 안다는 것과 같다.

민용은 눈을 번뜩였다.

"그게 있었어!"

민용은 황급히 알베스를 호출했다.

늦은 저녁임을 알고는 있었지만 목숨이 달린 일이다.

자정이 넘었음을 감안한다면 이제 이틀밖에 남지 않았다.

시간이 촉박했다.

방법을 찾긴 했으나 이틀 만에 대비책이 마련될지는 미지수였다.

달라진 황제

알베스를 기다리는 동안 민용은 익스라는 이름을 몇 번이고 머리에 각인시켰다.

'익스다. 나는 민용이 아니라 익스야. 익스!'

민용이라는 이름은 원래 세계로 돌아갈 때까진 묻어 두어야 할 것 같다.

한시라도 빨리 익스라는 이름에 익숙해져야 함은 물론이고 황제라는 사실도 잊어서는 안 된다.

비록 폐위된 상태이긴 하지만 정당한 절차에 의한 것이 아니기 때문이다.

무엇보다 익스는 제국 황실의 적통이다.

혈통으로 따져 보자면 익스를 이겨 낼 황실의 후손은 없다.

하지만 혈통만으로 제위가 보전되진 않는다.

어쨌든 이대로 시간이 흐른다면 폐위는 기정사실이 되어 버리겠지만 몇 가지 수를 낸다면 판을 뒤흔들 수 있다.

무엇보다 새롭게 황제로 등극한 녀석은 이리저리 문제가 많기도 했으니까.

'죽으란 법은 없네.'

처음이 어려웠을 뿐이다.

한번 떠올리기 시작하자 소설 내용으로 머릿속이 가득 채워졌다.

"폐위에, 데로트 가문의 후계자 싸움, 유적……."

앞으로 펼쳐질 소설 속 미래가 떠오르자 절로 숨이 막혔다.

산 너머 산이라는 것은 이런 상황을 두고 하는 말 같았다.

이틀 후에 있을 위기에서 벗어날지라도 안심하긴 이르다. 더욱 큰 위기가 세찬 파도처럼 닥쳐오게 될 것이니까.

'괜찮을지 모르겠네.'

살아남기 위해서는 어쩔 수 없는 선택이었지만 이로 인해 소설 내용이 달라진다면 자신이 가진 이점을 포기하는 것과 같았다.

익스가 생각을 정리할 즈음, 알베스가 들어섰다.

"늦은 시간에 미안하군."

"폐하께서 부르신다면 밤낮을 가리지 않고 언제든 찾아뵙는 것이 소장의 임무입니다."

근위대장 알베스.

소설 속에서 분명 언급되긴 했으나 비중으로 보자면 사실상 없는 것이나 마찬가지였다.

그러나 한 가지 확실한 것은 익스가 죽을 때까지 함께한 인물이라는 것이다.

익스는 소설에서 주요 인물로 등장하는 인재가 곁에 없다는 사실에 아쉬움을 느끼다가 고개를 저었다.

'말도 안 되는 욕심이지.'

폐위당한 황제 주제에 능력 있는 인물을 부리겠다는 것은 사치스러운 일이었다.

신뢰할 수 있는 인물이 곁에 있다는 것만으로도 만족해야 할 것이다.

노인을 앞에 두고 하대하고 명령을 내린다는 것이 꺼림칙하긴 했지만 이곳은 엄연히 신분제 사회였으니까.

익스는 마음 편히 명령을 내렸다.

"내일 날이 밝으면 산에 올라갈 것이야. 준비하게."

"산이라니요?"

"성 옆에 있는 산에 오를 것이니 그리 알고 준비하게."

알베스는 우려를 나타냈다.

"폐하, 내무관도 폐하께옵서 건강을 되찾기 위해서는 절대적인 안전과 휴식이 필요하다고 하였습니다. 무슨 연유인지는 모르겠으나 일단 옥체를 챙기신 후에 오르시는 것이 어떠신지요?"

"자네가 걱정하는 것이 무엇인지 잘 알고 있어. 지난 일의 충격으로 많은 것들이 희미하긴 하지만, 몸에 이상이 있을 정도는 아니야. 혹여나 짐의 몸이 여의치 않으면 자네 등을 빌려서라도 올라갈 것이야."

"하오나 폐하……."

익스가 손을 들어 알베스의 말을 자르고 말했다.

"그만. 자넨 모르겠지만 성 옆에 있는 산에는 황가에서 비밀리에 마련해 둔 영묘 중 하나가 있네. 다른 일도 아니고 짐의 형님과 여동생이 죽었네. 둘의 영혼을 달래 주어야 해."

알베스는 말문이 막혔다.

다른 일도 아니고 희생당한 황실의 자손을 위로하기 위함이다.

익스의 뜻이 확고함을 깨달은 알베스였지만 선불리 명을 받을 수가 없었다.

"암살자들이 어딘가에서 기회를 노리고 있을지도 모르는 상황입니다. 시간을 조금만 더 주시어 폐하의 안전에 만전을 기할 수 있도록 해 주십시오."

익스는 고개를 저었다.

"언제가 되었든 암살자들은 다시 오게 되어 있어. 만전을 기한다 할지라도 성 밖에 있으나 안에 있으나 위험한 것은 매한가지지. 어차피 가야 할 곳이라면 서둘러 다녀오는 것이 낫네."

익스가 내일 아침에 반드시 산에 오를 것이라는 뜻을 다시 한번 밝히자 알베스도 더 이상 이의를 달지 않았다.

"명을 받들겠습니다."

익스는 속으로 안도의 한숨을 내뱉었다.

알베스를 설득할 수 있을지 내심 걱정하고 있었던 것이다.

황제의 신분을 이용해 강하게 밀어붙여도 되는 일이지만 익스에게 남아 있는 신하는 얼마 되지 않았다.

강력한 권력을 지니고 있는 황제라면 얼마든지 가능할 것이나 폐위된 황제에게 신하가 있으면 얼마나 있겠는가.

만약 알베스가 배신한다면 익스는 꼼짝없이 죽어야 한다.

물론 그럴 리는 없겠지만 익스로서는 알베스의 눈치를 살필 수밖에 없는 처지였다.

'일단 한고비 넘겼네.'

무엇 하나 쉬운 것이 없다.

늦은 시간이었지만 알베스는 황제의 건강을 책임지고 있는 황실 치료사이자 내무관인 토비를 찾았다.

자정을 넘은 시간이었지만 토비는 촛불을 밝힌 상태에서 알베스를 맞이했다.

"이 시간에 무슨 일이십니까?"

"잘 시간일 텐데?"

"성에 있는 재산을 파악하는 중이었습니다."

"자네가 고생이 많군."

"고생은요. 목숨을 부지한 것만으로도 감사히 여겨야죠."

"그도 그렇군. 그나마 자네와 난 운이 좋은 편이라고 해야겠지. 그 혼란을 뚫고 살아왔으니 말이야."

토비는 지옥과 같았던 지난날을 떠올리고선 씁쓸한 표정으로 물었다.

"무슨 일로 이리 늦은 시간에 찾아오신 겁니까?"

"물어볼 것이 있네."

"중요한 일인 모양입니다."

알베스는 고개를 끄덕였다.

"자네가 말했지. 커다란 충격으로 인해 기억을 잃을 수도 있다고 말이야."

"혹시 폐하께서?"

"아닐세. 확신할 수 없지만 폐하께서는 무탈하신 것 같네. 다만 최근 일에 대해선 이것저것 물어보시더군."

"최근 기억이 흐릿하신 것이라면 큰 문제는 없을 겁니다. 시간이 지나면 자연스럽게 돌아올 것입니다. 그나마 다행이군요."

"나도 같은 생각일세. 곧바로 기억을 못 하실 뿐이지, 조금만 설명해 드리면 금세 떠올리시고 말이야. 내가 묻고 싶은 것은, 충격을 받은 이가 평소와 다른 모습을 보일 수도 있냐는 것이네."

토비는 대답 대신 알베스를 뚫어지게 바라보았다.

"그러니까, 내 착각일 수도 있겠지만 아무래도 폐하께서 좀 달라지신 것 같아 물어보는 것일세."

"달라지시다니요?"

"뭐라 정확히 설명하긴 힘들지만 내가 느끼기에는 이전과 좀 달라지신 것 같아서 말일세."

"기억이 온전치 못하다면 평소와는 다른 모습을 보일 수도 있습니다. 폐하께서도 그런 경우일 것입니다."

"그렇다면 다행이군."

안심하는 알베스를 향해 토비가 말을 이었다.

"제가 직접 뵙고 확인한 것은 아니지만 폐하께서 평소와 달라지셨다면 기억으로 인한 것보다는 다른 이유일 것 같군요."

"그게 무슨 말인가?"

"생각해 보십시오. 지금까지 폐하께선 데로트 가문의 손아귀에 놓여 있는 상황이었습니다. 비록 반역자들에 의해 참담한 상황에 놓여 있다고는 하지만 이곳에서만큼은 데로트 놈들의 눈치를 볼 필요가 없지 않습니까."

토비의 의견에 알베스는 절로 고개가 끄덕여졌다.

"그렇군. 그래서 그런 명을 내리신 것이로군."

"무슨 일이 있었던 겁니까?"

"조금 전 폐하께서 내일 아침에 성 옆에 있는 바람막이산에 오를 것이라 하시면서 준비토록 명하셨네."

"산은 왜요?"

"폐하의 말씀에 따르면 바람막이산에 황가의 영묘가 있다고 하네. 그곳을 찾아 돌아가신 대공 전하와 공작님의 혼을 달래 주시겠다고 하셨어."

"황가의 영묘라면 태양빛산맥에 있지 않던가요?"

"폐하께서 말씀하시길 바람막이산에도 있다는군. 비밀리에 전해지는 곳이라 하였네. 이에 대해 들어 본 적이 있나?"

"금시초문입니다."

알베스가 머뭇거리다가 어렵사리 의견을 냈다.

"불경한 말이 될 수도 있겠지만 폐하께서 사고의 후유증으로 착각을 하시는 것일 수도 있지 않을까?"

"그럴 가능성이 높은 상황이긴 합니다."

"그러면 큰일인데."

"제 생각에는 어명에 따라 산에 오를 준비를 하시는 것이 좋을 것 같습니다."

"당연히 따라야지. 단지 걱정이 되어서 그러는 것일세. 평소와는 다른 모습을 보여 주시는 것도 그렇고, 뜬금없이 이 변방에 황가의 영묘가 있다고 하시니."

"이번 기회를 통해 확인해 보면 되는 일입니다. 폐하의 말씀처럼 바람막이산에 황가의 영묘가 있다면 우리가 괜한 걱정을 한 것이고, 만약 없다면 치료에 더욱 전념하면 되지 않겠습니까."

잠자리에서 일어난 익스는 바삐 움직였다.

막 잠에서 깨어났을 적엔 혹시나 싶어 창밖을 살폈다.

지난밤 일들이 꿈일지도 모른다는 기대감 때문이었다.

하지만 달라진 것이 없다는 걸 확인한 익스는 민용이라는 이름을 기억 깊숙한 곳으로 밀어 넣었다.

'여기에 집중하자.'

의심과 기대는 불필요하다는 것을 깨달은 익스는 더 이상 머뭇거리지 않았다.

잠들기 전에 세워 두었던 계획에 따라 움직였다.

알베스를 불러 등산 준비에 대해 물었고 정오쯤이면 출발할 수 있을 것이란 답을 들었다.

익스는 준비고 뭐고 당장 출발했으면 싶었지만 자신이 황제임을 떠올렸다.

반역자들에 의해 폐위된 황제지만 제국의 충신들에게는 여전히 황제다.

폐위된 황제를 끝까지 지켜 내고 있는 자들이 아무런 준비 없이 황제를 밖으로 내보낼까?

더구나 코렌스로 들어오는 과정에서 암살자들에게 습격을 받아 목숨까지 위태로웠다.

황제와 친남매처럼 지냈던 대공과 공작까지 목숨을 잃을 정도로 위험했다.

근위대장인 알베스에게 황제가 성 밖으로 나가는 것은 신경이 곤두서는 일일 수밖에 없었다.

익스는 이러한 점을 잘 알고 있었기에 조급한 마음을 억누르고 기다렸다.

익스는 정오까지 묵묵히 기다렸고, 준비가 완료되었다는 소식에 알베스와 함께 성문으로 향했다.

나무노래성은 4개의 건물을 마름모 형태로 놓고 서로 연결시켜 놓은 형상이었다.

특이하게도 마름모 중앙에 정원을 마련해 건물을 이동하려면 반드시 중앙 정원을 거치도록 했다.

중앙 정원이 일종의 현관인 셈이다.

그렇다면 입구는 어디에 있을까?

나무노래성의 입구는 4개의 건물 중에 성문과 마주하고 있는 마름모 상단 꼭짓점에 위치한 건물이었다.

이 건물은 특이하게도 1층 자리를 3개의 아치가 대신했다.

익스는 중앙 정원과 3개의 아치를 지나쳤다.

'기억이 정확해야 하는데.'

아름다운 정원과 독특한 건축양식이 펼쳐졌지만 익스에게

그러한 것을 감상할 만큼의 여유는 없었다.

이틀 후에 암살자들이 온다.

목숨은 건지나 지독한 독에 중독되어 반병신이 되어 버린다.

소설에선 폐황제의 상태가 정확히 표현되진 않았지만 데로트 가문의 후계자가 내전 상황에서 치료를 위해 백방으로 노력하였음에도 실패했던 것을 감안한다면 지독한 독임이 분명했다.

흑마법사에 의해 만들어진 독이니 오죽하겠는가.

나름의 해결책을 찾았다지만 그것이 생각대로 풀릴지는 미지수다.

거기에 암살자들을 물리쳐도 문제가 완벽하게 해결되는 것은 아니었다.

암살이 어려워진다면 반역자들은 이전보다 과격한 수단을 사용할 것이다.

어쩌면 병력을 몰고 코렌스까지 올지도 모른다.

당장은 데로트 가문이 막아 줄 테지만 튼튼한 방패라고 할 순 없었다.

반역자들에게 길을 열어 줄 놈이 있었으니까.

"폐하, 출발하기에 앞서 목적지의 대략적인 위치를 알려 주실 수 있으신지요?"

알베스의 물음에 익스는 사색에서 벗어났다.

그제야 화려한 마차와 함께 대기하고 있는 사람들이 눈에 들어왔다.

마차 주변에 배치되어 있는 병사들은 30명이었고 무장을 하지 않은 자들도 10명이 넘었다.

황제의 등장에 누구랄 것이 없이 무릎을 꿇고 고개를 숙였다.

"이곳 코렌스 사정에 밝은 자가 있나?"

익스의 말이 떨어지기 무섭게 훤칠한 키의 미청년이 자리에서 일어났다. 그러고는 익스 앞으로 다가와 허리를 깊숙이 숙였다.

"누구지?"

미청년이 떨리는 목소리로 답했다.

"코렌스를 관리하는 총무관 로인이라 합니다. 이렇게 폐하를 만나 뵙게 되어 영광입니다."

익스는 미청년의 이름을 듣고는 크게 놀랐다.

바람막이산의 유적지

'얘가 왜 여기에 있어?'

허리를 숙이고 있는 로인을 가만히 바라보았다.

익스가 알고 있는 로인은 케인 가문에서 활동했던 인재로 포킹덤에서도 자주 언급되었던 인물이다.

케인 가문과 함께해야 할 인물이 왜 코렌스에 있는지 의문이었지만 상대에게 물어볼 수는 없는 일이었다.

동명이인일 수도 있겠으나 만약 자신이 알고 있는 로인이라면 무조건 곁에 잡아 두어야 했다.

"여길 책임지고 있는 총무관이라면 이곳에 거주하고 있는 자들에 대해서도 잘 알고 있겠군."

"코렌스에서 나고 자라 어지간한 자들은 알고 있습니다.

하나 소인이 폐하의 물음에 만족스러운 답을 드릴 수 있을지는 잘 모르겠습니다."

익스는 손가락으로 우뚝 솟아 있는 바람막이산을 가리키며 물었다.

"저기에 약초를 기르는 백발의 노인 하나가 살고 있지 않나?"

로인은 곧바로 대답했다.

"산 중턱에 약초를 기르는 노인이 살고 있습니다. 한데 폐하께서 어찌……."

필요한 답을 얻은 익스는 의문에 휩싸여 있는 로인을 지나쳐 마차로 향했다.

"안내해라."

해가 서쪽으로 떨어져 산과 산 사이에 반쯤 걸쳐졌다.

하늘산맥에서 시작된 붉은 노을이 들판을 물들였다.

탄성을 내뱉을 만큼 아름다운 광경이었지만 하늘산맥의 유일한 통로인 하늘 길에 있는 후암에게는 아무런 감흥을 일으키지 못했다.

후암의 시선은 넓게 펼쳐진 들판 끝자락에 희미하게 보이는 마을에 머물러 있었다.

무엇이라 중얼거리고 있었지만 정확히 무슨 말인지는 알 수가 없었다.

후암의 눈에서 노을과 같이 붉은 기운이 흘러나왔다.

다른 점이 있다면 은은하게 아름다움을 뿜어내고 있는 노을과 달리 섬뜩함을 품고 있다는 것이었다.

붉은 기운을 뿜어내던 후암의 눈빛이 마을에서 하늘산맥으로 이동했다.

후암의 시선이 머문 곳은 빼곡한 숲이었다.

인기척은커녕 짐승의 기척조차 느껴지지 않는 곳을 어째서 바라보는 것일까?

그때 빼곡히 자라난 나무 사이에서 머리부터 발끝까지 검은 천을 뒤집어쓴 자들이 나타났다.

검은 천을 쓴 자들의 숫자는 다섯으로, 그들은 후암 앞에 부복했다.

"시신을 확인했느냐?"

후암과 가장 가까이 있는 자가 답했다.

"찾지 못했습니다."

"살아 나갔군."

"다만 대공과 공작의 시신이 발견되었습니다. 어설프게 매장한 것으로 보아서는 급하게 떠난 것 같습니다."

후암의 얼굴에 화색이 돌았다.

"그 둘이 죽었단 말이지?"

대공과 공작은 까다로운 존재들이었다.

데일 대공은 황도에서 손에 꼽힐 정도로 뛰어난 기사였고, 세실리아 공작은 예지력을 지니고 있었다.

폐황제를 없애 버리기 위해 온갖 노력을 쏟아부었음에도 헛수고로 끝난 것은 그 둘 때문이었다.

“다른 자들은?”

“나머지 시체는 전부 근위 기사와 짐꾼이었습니다.”

후암은 근위대장과 내무관이 살아 있다는 사실에 아쉬움을 나타냈다.

“질긴 놈들이군.”

“매장되어 있는 시체는 대공과 공작이 전부였습니다. 근위 기사들의 시체는 수습하지 않고 버려둔 채로 떠났습니다. 그리 급히 떠났다면 한 가지 이유밖에 없지 않겠습니까.”

“폐황제에게 문제가 생겼다는 것이겠지. 하나 내무관이 곁에 있어. 치료술 하나만큼은 기가 막힌 녀석이지. 놈이 있다면 어떻게든 숨을 붙여 놓을 것이야.”

“어떻게 할까요?”

후암은 고민하다가 입을 열었다.

“이왕 움직였으니 마무리를 짓고 가야지.”

“자칫 잘못하면 척살단이 활동할 수도 있습니다.”

제국이 예전만 못하다고 하지만 마법사에 대한 경계심은 여전했다.

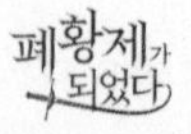

마법사가 나타났다는 소문이 퍼진다면 오대 교단은 물론이고 수많은 귀족들이 너 나 할 것 없이 나서서 척살단을 조직할 것이다.

아직은 몸을 사려야 할 때이긴 했지만 코렌스같이 외진 곳이라면 굳이 눈치 볼 필요가 없다.

대규모 살상이 아닌 이상, 코렌스 밖으로 소문이 퍼져 나가는 일은 없을 테니까.

거대한 하늘산맥이 코렌스를 가로막고 있는 만큼, 유일한 통로인 하늘 길만 통제한다면 소문은 얼마든지 틀어막을 수 있었다.

알베스는 익스에게 황가의 영묘를 찾는 것과 백발노인이 무슨 관계가 있는지 물었다.

무시할 수도 있었지만, 적당한 변명거리를 준비해 놓았기에 익스는 망설이지 않고 답했다.

황실에서 대대로 내려오는 비밀은 수없이 많다며 그것을 토대로 이곳까지 찾아온 것이라 했다.

억지나 다름없었지만 황제가 황실을 언급한 이상, 알베스는 받아들일 수밖에 없었다.

익스는 이마에서 흐르는 땀을 소매로 훔쳤다.

"폐하, 소장이 모시겠습니다."

알베스가 수차례 등에 업힐 것을 요청하였으나 익스는 단호히 거절했다.

황가의 영묘를 찾아가면서 남의 힘에 의지한다면 선조들을 볼 낯이 없다는 이유에 알베스는 더 이상 권하지 못하고 로인을 재촉했다.

"얼마나 더 가야 한단 말인가?"

"조, 조금만 더 가면 됩니다."

로인의 대답에 알베스가 버럭 소리쳤다.

"어제도 그 말을 하지 않았나! 도대체 뭘 하고 있는 겐가. 정확히 말을 하게. 도대체 얼마나 이 산을 헤매어야 한단 말인가! 이틀이나 폐하께서 산에서 밤을 보내시도록 할 순 없는 일이야."

알베스의 지적대로 바람막이산에 오른 지 하루가 지났다.

익스는 내색하지 않았지만 속이 시커멓게 타들어 가고 있었다.

오늘 안에 성과를 내지 못한다면 꼼짝없이 반병신이 될 판이었기 때문이다.

익스라고 어찌 로인을 닦달하고 싶지 않을까.

생각 같아서는 멱살을 잡아 올려 '어서 찾아내!'라 소리치고 싶은 심정이었다.

로인과 단둘이 있었다면 진작 그렇게 했으리라.

익스는 초조함에 바짝 마른 입술을 혀로 적시고, 안절부절 못하는 로인을 구해 줬다.

"그만, 황실에서 은밀히 전해지는 황가의 영묘를 찾는 일이야. 아무리 힘들어도 참아야지. 그리고 등산이라면 건강에도 도움이 되는 것이 아닌가. 총무관을 닦달할 필요 없어. 그렇게 닦달한다고 달라지는 것은 아무것도 없을 테니 말이야."

로인은 황송하다는 표정을 지었고, 알베스는 이를 못마땅한 눈빛으로 바라보았다.

"자네들 덕분에 잠시 쉬었으니, 다시 올라가 보자고."

산을 오르며 익스는 속으로 한숨을 내뱉었다.

'황제 노릇도 쉽지 않아.'

정상적인 황제도 아니고 한 줌의 권력도 없는 허수아비 황제임과 동시에 반역자들에 의해 폐위된 황제였다.

'지방 영주보다 못한 상황이지.'

그나마 다행이라면 곁에 있는 자들이 모두 황제로 받들어 준다는 사실이다.

소설 속 캐릭터에게 빙의된 시점이 소설 초반 부분이었다면 온갖 수모를 당해야만 했을 것이다.

그런 의미에서 코렌스는 매우 중요했다.

대륙 서쪽의 한구석에 처박혀 있으나 이곳에서만큼은 황제로 인정받고 있으니 말이다.

방대한 양을 자랑하는 포킹덤이긴 하지만 민용 시절에 반복적으로 읽었던 글이다.

처음 떠올리는 것이 힘들었을 뿐, 한번 떠오르기 시작한 소설의 내용은 이미 머릿속을 가득 채우고 있었다.

원래 궁하면 통한다고 하지 않던가. 더구나 인간은 위기 상황에서 초인적인 힘을 발휘하는 법이다.

"코렌스 사정에 대해 간략히 설명해 봐."

황제를 모신다는 사실에 바짝 긴장한 채로 산을 오르고 있던 로인은 갑자기 바닥에 납작 엎드렸다.

"죄송합니다, 폐하. 소신의 실수로 길을 잘못 들었었습니다. 용, 용서해 주십시오!"

알베스를 비롯한 병사들이 로인을 죽일 듯 노려보았다.

익스의 명령이 떨어지면 당장이라도 치도곤을 낼 것만 같았다.

"총무관이라면 사실상 코렌스를 다스리는 자겠지. 그런 자가 약초나 기르는 노인을 찾아갔을 리가 없다는 것은 얼마든지 예상 가능해. 그대도 아마 초행길이겠지. 안 그런가?"

로인은 엎드린 채로 부들부들 떨며 말했다.

"그, 그러하옵니다."

"그대를 탓할 생각은 없다. 약초를 기르는 노인만 만나면 되니까. 어서 안내해. 그리고 코렌스에 대해 설명해 봐라."

"알겠습니다."

로인이 빠르게 산을 오를 기세를 보이자 익스가 이를 지적했다.

“더 이상 재촉은 없어. 길을 잘못 들었다는 것을 확인했다면 이젠 제대로 가는 것일 테니까. 그러니 올라가는 속도를 늦추고 설명이나 제대로 해.”

이에 로인은 숨을 가다듬고 입을 열었다.

“코렌스는 대륙 서쪽 끝에 위치한 곳으로 손에 꼽히는 특산물은 없으나, 농사를 지을 만한 땅도 있고 바다와 접하고 있어서 굶주림에 시달리는 일은 없습니다. 다만 하늘산맥이 코렌스를 둘러싸고 있어서 외부와 단절되어 교역이 어렵습니다. 물론 이로 인해 전란 속에서도 평화를…….”

로인은 더 이상 말을 이어 가지 못했다.

익스가 걸음을 멈추었기 때문이다.

로인은 무슨 일인가 싶어 주변을 살폈다. 어느새 오르막이 사라지고 평지가 나타났다.

평지가 보인다는 것은 목적지에 도착했다는 것을 의미했다.

이를 증명이라도 하듯이 로인의 시야에 가지런히 정리된 밭과 5채의 오두막이 들어왔다.

“여기인 것 같습니다.”

바람막이산 중턱에 자리 잡은 평지는 작은 마을을 구성해도 부족하지 않을 정도의 규모였다.

‘있다!’

익스는 밭에 들어가 작물을 살피는 백발노인을 확인할 수 있었다.

3년 동안 포킹덤에 빠져 살았던 것이 헛되진 않은 모양이다.

글에서 언급한 그대로였다.

익스는 거칠어진 숨소리를 가다듬고서 백발노인을 향해 걸음을 옮겼다.

'잘하자. 목숨이 달렸어.'

익스가 가까이 다가가자, 밭을 가꾸던 백발노인이 인기척을 느끼고 몸을 돌렸다.

백발노인은 무장한 병사들을 보고는 흠칫 놀라며 뒷걸음질 쳤다.

"황제 폐하이시다. 어서 예를 갖추어라."

백발노인은 당황하다가 곧바로 바닥에 납작 엎드렸다.

"용서해 주십시오. 미천하고 어리석은 놈이라 폐, 폐하를 몰라뵀습니다."

노인은 두려움에 떨고 있었다.

겉으로 보기엔 영락없는 농사꾼이었으나 익스는 그의 정체를 알고 있었다.

"단둘이서 이야기를 나누어야겠다. 모두 물러나라."

"폐하, 만일의 사태를 위해 소장이 함께하겠습니다."

"그럴 필요 없다. 짐이 비록 부족함이 많지만 백발이 성성한 노인에게까지 밀릴 정도로 약하지는 않다. 또한 황가의 비사를 언급해야만 한다. 굳이 밝히고 싶지 않으니 물러나 있어라. 황명이니라."

익스가 황명을 언급하자 알베스는 병사들과 함께 자리에서 물러났다.

익스는 백발노인을 향해 말했다.

"짐은 그대가 누구인지 알고 있다. 그러니 굳이 정체를 감출 필요는 없다."

"정체라니요. 소인은 약초를 기르는 미천한 늙은이일 뿐입니다."

"짐은 그대에게 도움을 청하고자 찾아왔다."

"소인 같은 미천한 늙은이 따위가 어찌 황제 폐하를 도울 수 있겠습니까."

익스가 미소를 지었다.

"겉으로는 두려움에 떨고 있으나 그대는 짐 앞에서 자신의 의사를 정확히 밝히고 있지 않은가. 미천한 늙은이들은 감히 할 수 없는 일이지. 어설픈 연기는 그만두어라. 그대가 누구인지 이미 알고 있다고 하지 않았나."

"……."

"그댄 마법사다."

"마, 마법사라니요. 절대 아닙니다. 폐하께서 크게 오해를 하고 계신 것 같습니다."

"짐은 그대에게 도움을 청하고자 한다. 그리고 아무런 대가 없이 도움을 청하는 것이 아니다. 그대가 만족할 만한 보상을 줄 것이다."

노인은 계속해서 마법사임을 부정했다.

익스는 이런 상황을 예측하고 있었다.

에소니아 제국은 마법사의 힘을 경계했고 그들을 악으로 규정해 대대적인 척살 작업에 들어갔다.

백발노인의 정체

250년간 척살된 마법사의 숫자가 10만 명에 달한다는 것이 작가의 설정이었다.

덕분에 현재 제국에서는 마법사라는 존재가 거의 사라진 상태였다.

그러나 완전히 사라진 것은 아니다. 은밀하고 조심스럽게 명맥을 이어 나가는 중이다.

마법사 10만을 죽인다는 것이 말이 되느냐고 묻는다면 익스는 이렇게 말할 수밖에 없었다.

이상하면 작가한테 따져라.

"짐에게 도움을 준다면 그대가 찾은 고대 마법사의 유적지 문을 열어 주겠다."

이마를 땅바닥에 바짝 붙이고 있던 노인이 벌떡 일어났다.

"어찌 그것을!"

"마법사가 제국 초창기부터 척살의 대상은 아니었음을 알고 있을 것이다. 250년 전에 있었던 비극만 아니었다면 오늘과 같이 배척받고 탄압받는 일도 없었을 테지. 이것이 의미하는 것은 무엇이겠는가. 제국의 역사는 무려 500년이다."

익스는 숨을 한 번 고르고 말을 이어 갔다.

"250년간 제국은 마법사들을 척살하였지만 그 이전엔 우대하였다. 마법사들은 제국과 황실을 위해 일했고 황실의 자손들이 마법을 익힐 정도였지. 그 사건으로 인하여 마법사들이 척살의 대상이 되면서 많은 기록들이 사라졌지만 황실의 기록까지 사라진 것은 아니다. 은밀하게 이어져 왔지. 다만 계속되는 전란과 지독했던 황위 쟁탈전으로 인해 황도가 파괴되어 모두 소실되었지만, 구전으로 전해지는 비밀들은 짐의 머릿속에 여전히 남아 있는 상태다."

익스는 입에 침도 바르지 않고 거짓말을 술술 내뱉었다.

"바람막이산에 있는 고대 마법사의 유적지는 짐이 알고 있는 비밀 중 하나지. 그것뿐만이 아니라 마법사라면 누구나 탐낼 만한 것들도 짐에게 전해졌다."

백발노인은 믿을 수 없다는 표정을 지었다.

"설마……."

익스는 백발노인이 무엇을 떠올렸는지 잘 알고 있었다.

'순순히 알려 줄 순 없지.'

백발노인은 더 이상 농사꾼 행세를 하지 않았다.

바닥에 무릎을 꿇었지만 고개를 치켜들고서 익스와 눈을 마주쳤다.

멀리서 이 모습을 지켜보고 있던 알베스의 무엄하다는 외침이 들려왔으나 익스는 무시해 버렸다.

"황실에서 구전으로 전해진 마법 유적지를 찾는 것은 이해할 수 있습니다. 하지만 폐하께서는 어찌 소인이 마법사임을 알고 계신 겁니까?"

익스는 망설임 없이 답했다.

"예언이다."

"예언이라니요?"

"제국을 건국하신 초대 황제께서는 수많은 기적을 보여 주셨다. 이를 두고 많은 이들이 초대 황제께서 태양과 진리의 신의 축복을 받았다고 이야기했지. 이는 그냥 흘러나온 말이 아니다. 초대 황제께서는 언젠가 제국이 무너질 것이란 걸 알고 있었고, 위기가 닥칠 적을 대비해 신의 도움을 받아 예언을 남기셨다. 지난 500년간 제국이 유지될 수 있었던 것도 초대 황제의 예언 덕분이었지. 짐이 그대를 찾아올 수 있었던 것도 바로 초대 황제의 예언으로 인한 것이다."

백발노인의 눈에는 여전히 불신이 담겨 있었다.

익스는 쐐기를 박기로 했다.

“그대는 고대 마법의 시조라 불리는 태초의 마법사의 직계로서 원소 마법을 이어받았을 것이다. 그대의 이름은 마티엔. 그대가 바람막이산에 머물고 있는 것은 태초 마법사의 제자이자 치유 마법의 창시자인 첫 번째 수호자의 유적지를 조사하고자 함일 것이다.”

마티엔은 경기를 일으키는 것처럼 몸을 부들부들 떨었다.

“제국 초창기에는 황실과 마법사의 관계가 대단히 우호적이었다. 제국에 닥칠 위기에 대응하기 위해 선대 황제들께서는 마법사들과 합심하여 비밀리에 유적지를 만들어 놓았다. 바람막이산에 있는 유적지 또한 그것들 중 하나다.”

바람막이산에 있는 마법사의 유적지에는 엄청난 보물이 숨겨져 있었다.

익스는 그에 대한 소유권을 주장하기 위해 밑밥을 깔아 놓는 작업에 열중했다.

마티엔은 혼이 달아날 정도로 놀랐다.

초대 황제의 예언이라는 것이 어디 말이나 되는 소린가. 그러나 황제의 입에서 자신의 이름은 물론이고 원소 마법을 이어받았다는 것까지 나오자 믿지 않을 수가 없었다.

“짐은 그대를 황실 마법사로 임명할 것이다. 그와 함께 250년 전 비극으로 초래된 마법사 척결 시대가 끝났음을 선언하겠다. 짐과 함께 새로운 시대를 열어 보자꾸나.”

마티엔이 머뭇거리자 익스는 제안을 추가하였다.

"아직까지도 망설이는구나. 이해한다. 짐의 신세가 미덥지 못한 것도 분명한 사실이니까. 그대가 짐의 사람이 된다면 마법사가 잃어버렸던 마나어도 알려 주겠다."

마티엔은 숙이고 있던 고개를 치켜들었다.

"마, 마나어를 알고 계십니까?"

익스는 환하게 미소를 지으며 고개를 끄덕였다.

"물론이다."

백마법사들의 아버지이자 마탑의 수호자, 새로운 제국 건설의 일등 공신이라 불리게 될 마티엔을 손에 넣는 순간이었다.

마티엔이라는 인물을 간략하게 설명해 보자면 다음과 같다.

백마법의 아버지.

마법에만 능한 것이 아니라 뛰어난 정치력을 발휘해 숨어 살던 마법사들을 밝은 곳으로 이끈 자다.

그와 동시에 마법사들의 탑을 세워 마법 정화 운동을 일으켜 흑마법사들을 제거하면서 마법사의 입지를 새롭게 다진다.

마티엔을 얻었다는 것은 제국에 숨어 살고 있는 마법사들을 모두 포섭한 것과 같았다.

익스는 입가에 그려지는 미소를 감추기 위해 애를 써야 했다.

마법사들만 제대로 활용하면 다른 것은 몰라도 목숨을 위협받는 일은 없을 것이다.

'머지않아 흑마법사들도 날뛸 것이고 말이야.'

익스라는 몸뚱이를 보호할 보디가드로서는 최강의 패라 할 수 있었다.

첫 번째 수호자의 유적지로 안내하던 마티엔이 익스의 눈치를 보며 조심스럽게 입을 열었다.

"폐하께 여쭐 것이 있습니다."

"무엇인가?"

"폐하께서 마나어를 익히고 계신 것이 정녕 사실인지요?"

"어찌 저주받은 마법사 따위가 폐하를 의심할 수 있단 말인가. 네놈의 목을 베어 버리고 말리라!"

알베스가 검을 반쯤 뽑아 들자 익스가 손을 들어 만류했다.

"그만하라. 근위대장은 짐이 허락하기 전까진 무슨 일이 있어도 지켜만 보아라."

마티엔은 마음만 먹는다면 여기에 있는 자들을 순식간에 몰살시킬 수 있는 사람이다.

알베스가 기사로서의 실력이 어느 정도인지는 모르겠지만 결코 마티엔을 상대할 수 없었다.

익스는 알베스에게 족쇄를 채우고서 마티엔에게 눈길을 돌렸다.

"짐이 지금까지 허수아비 황제 노릇을 하였고 반역자들에 의해 폐위당하는 수모를 겪고 있으나 거짓말을 내뱉을 정도로 못난 놈은 아니다. 그리고 잊힌 황가의 영묘라 불리는 첫 번째 수호자의 유적지에 도착하면 자네가 가지고 있는 의심은 자연스럽게 풀릴 것이다."

마티엔은 자신이 경솔했음을 인정하고 익스에게 용서를 청한 뒤에 다시 안내에 나섰다.

첫 번째 수호자의 유적지는 마티엔의 거처와 매우 가까웠다.

거리로 보건대 일부러 유적지 근처에 거처를 마련한 것이리라.

"여깁니다."

익스에게 보이는 것이라고는 숲뿐이었다.

"숲 안에 있는 건가?"

마티엔이 고개를 저었다.

"보기에는 숲이지만 실제는 그렇지 않습니다."

마티엔이 마법사의 필수 아이템이라고 할 수 있는 나무 지팡이로 땅을 찍고서 허공에 팔을 휘저었다.

그러자 놀라운 일이 벌어졌다.

녹음이 푸르른 숲이 사라지고 동굴이 나타난 것이다.

"강력한 환영 마법으로 숨겨 놓았습니다."

익스가 호기심 어린 눈빛으로 바라보자 마티엔이 설명을 덧붙였다.

"간단한 눈속임이라 여길 수도 있겠으나 환영 마법을 무시하고 뚫고 지나가 봐야 동굴에 도달할 수가 없습니다. 공간을 비틀어 놓아, 환영 마법을 해제하지 않는다면 동굴을 비켜 나가게 되어 있습니다."

"신기하군."

"저도 환영 마법을 간파하기까지 상당한 시일이 필요했습니다. 일정 이상의 경지에 다다른 마법사가 아니면 영원토록 발견할 수 없을 것입니다."

수준 높은 마법이 아니었다면 에소니아 제국이 운영했던 마법 척살단에 의해 진작 파괴되었겠지.

"이제 들어가면 되는 건가?"

"들어가시면 됩니다."

익스가 동굴 안으로 발을 들여놓으려 할 때 알베스가 나섰다.

"폐하, 잠시만 기다려 주십시오. 저희들이 먼저 들어가 살펴보겠습니다."

"소신도 같은 생각입니다."

지금까지 묵묵히 지켜보고만 있던 로인까지 나섰다.

"좋아."

익스의 허락이 떨어지자 알베스와 로인이 병사들을 이끌고 동굴 안으로 들어섰다.

동굴 조사는 그리 오랜 시간이 필요 없었다.

언뜻 보기에도 깊지 않았으니 말이다.

넉넉잡아도 20m는 넘지 않을 것이다.

동굴 조사가 끝내자 익스는 병사들을 뒤로 물리고 알베스와 로인은 동굴 입구를 지키도록 했다.

그리고 마티엔과 함께 동굴 안으로 들어섰다.

동굴 끝까지 도착하자 마티엔이 벽을 가리키며 말했다.

"가로막혀 있으나 소인의 생각으로는 유적지의 입구라 여겨집니다."

동굴 벽엔 수많은 글자가 나열되어 있었다.

"저것이 바로 고대 마법사들이 사용했던 마나어입니다."

마티엔이 안타까운 표정으로 말을 이어 나갔다.

"마나어는 이름에서 알 수 있듯이 흩어져 있는 마나를 끌어당기는 신비로운 힘이 있지요. 저로서는 해석이 불가능한 상황입니다. 폐하께서는 알아볼 수 있으신지요?"

익스는 웃음을 지었다.

'다행이다.'

혹시나 아니면 어쩌나 싶었는데, 머릿속에 담겨 있는 것과 완벽하게 일치하고 있었다.

"태초의 마법사의 제자이자 첫 번째 수호자 빌린 네스트로가 전한다."

마티엔은 경악에 휩싸였다.

"마나어를 읽으신 겁니까?"

"분명 알고 있다고 말하지 않았나. 이젠 더 이상 의문을 품지 말라."

마티엔은 '오~!' 하고 탄성을 내뱉으며 물었다.

"여기에 적혀 있는 마나어가 문을 열 수 있는 힌트입니까?"

"그렇게 적혀 있구나."

"그렇다면 어서 문을 열어 주십시오. 간곡히 부탁드립니다."

익스의 입꼬리가 올라갔다.

모든 것이 계획대로 척척 풀려나간다.

"이곳은 황가의 손길이 닿은 곳이다. 그대가 재촉하지 않아도 문을 열 것이다."

익스는 벽에 적힌 마나어를 다시 한번 훑어보았다.

'사차원이야.'

작가의 설정에 헛웃음이 흘러나올 것 같았다.

익스는 목기침을 몇 번 내뱉으며 마나어가 적힌 벽 앞에 섰다. 그리고 두 팔을 하늘로 번쩍 들어 올렸다.

"대한민국 만세!"

뜬금없이 느낄 수도 있겠지만 익스는 벽에 적힌 대로 따랐을 뿐이었다.

마티엔이 마나어라고 부르는 문자는 한글이었다.

작가는 한글과 한국어를 마나어로 설정해 놓았다.

"대한민국 만세!"

그리고 벽면 마지막에는 이렇게 적혀 있었다.

문을 열고 싶다면 '대한민국 만세를 세 번 외쳐라!'라고 말이다.

"대한민국 만세!"

세 번의 외침이 끝나자 한글, 아니 이곳에서는 마나어라 불리는 문자에서 푸른 빛이 뿜어져 나왔다.

푸른 빛은 시간이 지날수록 강렬해졌고, 나중에는 마치 빛이 폭발하는 것 같았다.

마침내 강렬한 빛이 사라지고 가로막혔던 시야가 돌아왔다.

앞을 가로막고 있던 동굴 벽이 자취를 감추었다.

이전까지는 보이지 않았던 공간이 나타났다.

"폐하!"

알베스와 로인이 동굴에서 쏟아져 나온 푸른 빛에 놀라 뛰어 들어왔다.

그들은 익스의 안전을 확보하기 위해 움직이려 하였으나 이내 몸이 굳어 버렸다.

그들의 시선은 동굴 안으로 향해 있었고, 그곳에서 떨어질 줄 몰랐다.

유적지의 보물

마티엔은 마른침을 삼켰다.

심장이 요동쳤다.

꿈에서나 그리고 있던 일이 현실이 되었기 때문이다.

지난 20년간의 일들이 주마등처럼 스쳐 갔다.

20년 전, 잃어버린 마법 유적지가 존재한다는 사실을 알게 되었고 그에 대해 파고들었다.

제국의 마법 척살단도 알아내지 못한 유적지가 있을지도 모른다는 가능성에 마티엔은 흥분할 수밖에 없었다.

그는 10년간 잃어버린 마법 유적지를 찾아 헤맨 끝에 바람막이산에서 결실을 맺었다.

유적지 입구가 막혀 있었지만 마티엔은 실망하지 않았다.

오래지 않아 입구를 열 수 있을 것이라 여긴 것이다.

그렇게 시간이 흘러갔고 어느새 10년이 지났다.

20년, 마티엔이 유적지에 투자한 시간이다.

비록 남의 힘을 빌리긴 했지만 어찌 되었든 유적지 입구가 개방되었다.

유적지 안을 보아라.

마법서로 추측되는 책들이 책장 가득했다. 뿐만 아니라 정체를 알 수 없는 기구들이 장식장에 가지런히 놓여 있었다.

마법 연구에 사용되는 기구임이 분명했다.

장식장엔 마법 기구만 있는 것이 아니었다.

찬란하게 빛나는 귀금속들도 보관되어 있었다.

눈여겨보아야 할 것은 이것만이 아니다.

장식장 옆으로 시선을 돌리면 마찬가지로 귀금속들이 작은 산처럼 쌓여 있었다.

장식장에 들어가 있는 귀금속과 바닥에 쌓인 귀금속은 무슨 차이가 있는 것일까?

마티엔의 추측으론 장식장에 있는 귀금속은 마법 물품이고 바닥에 쌓인 것들은 마법 물품을 만들기 위한 재료이거나 실패작일 것이다.

마티엔은 유적지 내부를 자세히 살피고자 발걸음을 옮겼다.

손만 뻗으면 유적지 안에 있는 마법서와 마법 기구를 사용할 수 있다는 생각에 발을 유적지 안으로 들여놓았다.

아니, 발을 들여놓으려고 했으나 그럴 수가 없었다.

무엇인가가 마티엔을 가로막고 있었다.

마티엔은 주변을 두리번거리다가 유적지 입구로 팔을 뻗었다.

'마법인가?'

투명한 벽이 유적지 입구를 가로막고 있었다.

마티엔의 눈에서 푸른 기운이 흘러나왔다.

"잠깐 기다려 보게."

마법으로 유적지 입구를 살피던 마티엔이 익스의 말에 고개를 돌렸다.

마티엔과 눈을 마주친 익스가 물었다.

"자네 말이야, 입구를 가로막고 있는 것이 안 보이나?"

"투명한 벽이 보이신다는 말입니까?"

"투명한 벽이라 말하는 것을 보니 자네에게는 보이지 않는다는 것이군."

"뭔가 있다는 것은 알겠으나 보이질 않습니다."

익스는 고개를 뒤로 돌렸다.

"자네들도 안 보이는 건가?"

알베스와 로인은 황제의 질문에도 대답하지 못했다. 넋을 놓고 동굴 안에 있는 보물들을 바라보고 있을 뿐이었다.

답을 듣지는 못하였으나 익스는 로인과 알베스의 반응을 보고선 저들도 마티엔과 다를 바가 없다는 것을 알아차렸다.

"폐하……."

익스는 마티엔에게 손바닥을 보였다.

아무것도 묻지 말라는 뜻이었다.

익스는 크게 숨을 들이마셨다가 내뱉고서 유적지 입구를 살폈다.

여전히 반투명한 푸른 창으로 막혀 있었다.

푸른 창 중간 지점에 익스에게 익숙한 글자가 새겨진 상태였다.

–첫 번째 수호자의 유적지를 수령하시겠습니까?

–예. / 아니요.

익스는 짧은 문장을 수차례 눈으로 읽고선 작게 '예.'라고 중얼거렸다.

–첫 번째 수호자의 유적지를 사용자에게 이전 중입니다.

–이전이 완료되었습니다.

문장 밑으로 열쇠 그림이 나타났다.

–유적지를 수령하시려면 열쇠에 손을 올리십시오.

익스가 유적지 입구로 다가가서 열쇠 그림에 손을 올렸다.

—첫 번째 수호자의 유적지 주인으로 등록되었습니다. 해당 유적지는 사용자에게 귀속됩니다.

유적지 입구를 가로막고 있던 푸른 기운이 사라졌다.

익스는 유적지 안으로 들어갈 수 있는지 확인하기 위해 발을 들이밀었다.

그와 동시에 익스의 시야에 푸른 창이 다시 나타났다.

—새로운 스토리를 창출하였습니다.

—S포인트 500을 획득합니다.

—고위 마법사 마티엔이 사용자에게 귀속됩니다.

후암은 바람막이산 아래 자리 잡은 숲에서 나무노래성을 바라보았다.

"독특하군."

나무노래성을 살피는 후암의 곁으로 검은 천을 뒤집어쓴 자가 다가왔다.

"목표물이 바람막이산에 올라갔다고 합니다."

후암이 몸을 돌려 바람막이산을 살폈다.

숲을 채우고 있는 울창한 나무로 인하여 제대로 눈에 들어오지 않았지만 시선을 거두지 않았다.

"눈치챈 건가?"

"애매합니다. 산으로 올라가긴 했으나 몸을 숨기고자 하는 것이 아니라 뭘 찾는 것 같다고 했습니다."

"이 촌구석에서 뭘 찾는다는 거지?"

"죄송합니다. 그것까지는 알아내지 못했습니다."

후암의 입꼬리가 올라갔다.

"상관없다. 무슨 이유가 되었든 간에 깔끔하게 처리만 하면 되니까."

후암은 바람막이산을 향해 걸음을 옮겼다.

울창한 숲을 뚫고 지나가는 것은 쉬운 일이 아니었다.

숲을 가로질러 바람막이산으로 오르는 길이 존재했으나 후암 일행은 이를 이용치 않았다.

되도록 사람들의 눈길을 피하기 위함이었다.

후암 일행이 바람막이산 입구에 도착한 것은 해 질 녘이었다.

후암은 가파른 산길 앞에서 무릎을 굽혀 바닥에 손바닥을 올려놓았다.

후암의 눈에서 검붉은 기운이 흘러나왔다.

잠시 후 코와 입에서도 검붉은 기운이 새어 나왔다.

곁에 있던 5명의 몸에서도 검붉은 기운이 흘러나왔고 그 기운은 후암에게 빨려 들어가고 있었다.

검붉은 기운은 시간이 갈수록 후암의 손이 닿은 땅으로 넓게 퍼졌다.

퍼져 나가던 검붉은 기운이 소용돌이를 일으키면서 구멍을 만들었다.

구멍에서 검은 안개가 튀어 올랐다.

하늘로 솟았다가 땅으로 내려온 검은 안개는 5개로 나뉘었다가 점점 형태를 갖추어 나갔다.

날카로운 이빨을 가진 네발 달린 짐승으로 변했다.

언뜻 보기에 개 내지는 늑대로 보였지만 자세히 살펴보면 완전히 다른 존재였다.

"찾아라!"

후암의 외침에 5마리의 정체불명의 짐승들은 바람막이산으로 모습을 감추었다.

알베스는 로인에게 물었다.

"자네도 보았을 테지?"

"그렇습니다."

"얼마나 될 것 같은가?"

"멀리서 지켜본 것이 전부라서 확신할 순 없지만 정교하게 세공되어 있는 귀금속이라면 엄청난 가치를 지니고 있을 겁니다."

"걱정이야. 그렇게 귀한 것이라면 욕심이 생길 것인데."

"귀금속이 쌓여 있는 것을 본 것은 근위대장님과 저뿐입니다. 병사들은 들이지 않는다면 큰 문제가 아닐 것입니다. 옮기고자 한다면 상자에 담아 밀봉하면 됩니다. 그래도 걱정이 되신다면 귀금속 몇 개는 눈에 보이게 옮기고 나머지는 허름한 상자에 넣어 옮기면 됩니다. 드러난 귀금속에서 눈을 떼지 못할 테니까요."

"자네는 욕심이 나지 않는가?"

알베스의 물음에 로인의 표정이 일그러졌다.

"근위대장님의 말씀이라 할지라도 매우 불쾌합니다."

"자네의 눈빛에서 진심이 느껴지긴 하지만 그래도 완전히 믿을 순 없네. 나는 그러한 자들에게 수없이 뒤통수를 맞아 번번이 폐하를 위험에 빠트렸으니까."

"믿지 못하겠다면 계속 살펴보십시오."

알베스가 미소를 지었다.

"자넬 도발한 것은 반쯤은 장난일세. 진정 걱정되는 것은 폐하와 함께 있는 마법사야. 그자가 욕심을 낸다면?"

로인은 크게 놀라며 동굴 안으로 뛰어 들어가려고 하였으나 알베스가 제지했다.

"그만두게."

"무슨 말씀이십니까? 마법사가 악독한 마음을 먹을 수도 있는 것이 아닙니까!"

"자네도 보았지? 이 밤에 동굴이 밝아. 마법이라는 것으로 말이야. 신기한 일이지."

"신기하긴 하죠."

"나는 폐하를 믿지 못했네. 황가의 영묘나 마법사가 존재할 것이라 믿지 않았네. 그런데 이렇게 떡하니 눈앞에 나타났어."

알베스의 얼굴에는 후회가 가득했다.

"이전에도 드물기는 했으나 폐하께서는 위기의 순간마다 의견을 내셨네. 하나 폐하의 안위가 걱정된다는 이유로, 위험하다는 이유로 폐하의 의견들을 묵살했네. 그땐 그것이 최선이라 여겼으니까. 하나 최선이라 여긴 선택들이 결국 반역자들을 만들었고, 그 반역자들에 의해서 폐위를 당하는 수모를 겪으시게 만들었어. 만약 그때에 폐하의 말씀을 따랐다면 어찌 되었을까?"

알베스가 크게 한숨을 내뱉으며 말을 이어 나갔다.

"영묘와 마법사가 나타난 것처럼 폐하의 생각대로 모든 것들이 이루어졌을지도 모르지. 그랬다면 지금과 같은 망극한 일도 벌어지지 않았을 테지. 그래서 이제부턴 폐하의 말씀을 무조건 믿고 따를 생각이네. 한 치도 의심치 않을 것이야. 폐하께서는 마법사를 믿으라 하셨네. 그렇기에 난 믿고 따를 생각이네.”

로인은 고개를 돌려 동굴 안을 바라보았다.

마티엔은 유적지 입구를 등지고 바닥에 앉은 익스에게 보고했다.

“마법서 180권, 마법 연구에 사용되는 마법 도구 75점, 마법 장신구 28점이 확인되었습니다.”

마티엔의 보고는 여기서 끝나지 않았다.

“일반 귀금속도 300여 점에 달합니다. 뿐만 아니라 숨겨져 있던 공간에서 상당량의 금괴와 은괴도 발견되었습니다. 이렇게 숨겨진 공간이 상당수 존재하는 것 같습니다. 폐하께서 허락해 주신다면 소인은 이곳에 남아 자세히 조사를 진행해 보고자 합니다.”

마티엔은 익스의 대답을 기다렸다.

제법 시간이 흘렀음에도 대답이 들려오지 않자 마티엔은 숙이고 있던 고개를 살짝 들어 올렸다.

생각에 잠긴 익스의 모습에 마티엔은 다시 기다렸다.

침묵의 시간이 계속 이어졌다.

마티엔은 기다림에 지쳐 익스를 불렀음에도 대답이 없자

목소리를 높여 소리쳤다.

"폐하!"

골똘히 생각에 잠겨 있던 익스가 정신을 차리고 마티엔과 눈을 마주쳤다.

"미안하네. 생각할 것이 있어서 말이야. 그런데 정말 괜찮겠나?"

"무슨 말씀이십니까?"

"짐이 다른 생각을 했지만 자네의 말을 듣지 못한 것은 아니야. 이곳에 있는 보물들의 값어치가 상당하지 않은가."

마티엔은 망설이지 않고 대답했다.

"폐하께서 마나어를 해독해 주지 않으셨다면 영원히 열리지 않았을 곳입니다. 유적지의 주인은 소인이 아니라 폐하이십니다."

"짐이 열긴 했으나 찾은 것은 자네야. 자네도 지분을 가지고 있는 것이나 마찬가지지."

"소인은 마법사입니다. 마법사에게는 귀금속보다 마법서와 마법 연구에 필요한 기구가 더욱 귀한 법입니다. 폐하께서 마법서와 마법 연구에 필요한 물품들을 소인에게 넘겨주신다고 하지 않았습니까. 그것만으로도 차고 넘치도록 큰 황은을 베푸신 것입니다."

"그렇다 할지라도 모두 받을 수는 없는 일이야. 후에 마탑을 세울 때 재물이 필요할 것이니, 일부는 빼놓도록 하게."

마티엔은 바닥에 납작 엎드렸다.

"황은이 망극하옵니다."

"자넨 황실 마법사일세. 과거 마법사들이 활동하던 시절엔 황실 마법사라면 엄청난 부와 명예를 얻을 수 있었지. 짐이 가진 것이 없어 그 시절과 같이 해 주지 못해 아쉬울 뿐이야."

소설에선 자세히 언급되지 않았지만 첫 번째 수호자의 유적지는 마티엔에 의해 열리게 된다.

엄밀히 말하자면 유적지 안에 있던 것들은 마티엔의 소유가 되었어야 하는 것이다.

미안한 마음이 생기는 것은 당연한 일이었다.

"언제가 될지는 모르겠으나 짐이 제국을 바로 세우게 된다면 자네에게 과거와 같이 부와 명예를 안겨 줄 것이야."

마티엔이 감격에 겨워 말했다.

"소인은 살아서도 죽어서도 폐하를 따를 것입니다."

—고위 마법사 마티엔이 에소니아 제국 황실 마법사가 되었습니다.

—새로운 스토리를 창출하였습니다.

—S포인트 200을 획득합니다.

—마티엔이 사용자에게 절대 귀속됩니다.

군주 지원 시스템이란?

익스가 메시지 창을 살피는 동안 마티엔이 말했다.

"폐하, 유적지에 발견하지 못한 숨겨진 공간이 더 있을 것으로 보입니다. 소인은 이곳에 남아 살펴보고서 나무노래성으로 합류하도록 하겠습니다."

익스는 마티엔과 떨어질 생각이 눈곱만큼도 없었다.

자정이 얼마나 남았는지는 모르겠으나 내일이면 암살자들이 찾아올 것이기 때문이다.

"언제인지는 장담할 순 없지만 흑마법사들이 짐을 노리고 찾아올 것이네."

마티엔이 믿을 수 없다는 표정으로 상체를 일으켰다.

"흑마법사라니요?"

"짐 또한 우연히 알게 되었다. 그대와 같은 마법사들이 숨어 지내면서 명맥을 유지해 온 만큼, 흑마법사들 또한 명맥을 유지해 왔다. 그리고 언제부터인지는 모르겠으나 반역자들과 손을 잡았지. 제국이 과거에 비해 쇠락했다고는 하지만 충신들이 없었던 것은 아니다. 수많은 이들이 제국을 다시 일으키기 위해 노력하였지만 빛을 보지 못하였고 실종된 자들이 부지기수지. 그걸 주도한 것이 흑마법사들일세. 짐은 말이야, 너무 많은 것을 알고 있어. 그래서 어떻게든 죽이고자 하지. 반역자들은 물론이고 흑마법사들에게도 껄끄러운 존재야. 어떻게든 짐을 죽이고자……."

익스는 말을 이어 갈 수 없었다.

마티엔이 자리에서 일어나 동굴 밖을 바라보며 말했다.

"사악한 기운이 느껴집니다. 폐하께서 말씀하신 흑마법사들 같습니다."

익스는 자정이 넘었음을 알아차렸다.

'타이밍 한번 기가 막히네.'

"폐하께서는 안에서 기다리고 계시는 것이 좋을 것 같습니다."

익스는 순순히 고개를 끄덕였다.

마법에 대한 호기심이 있긴 하지만 목숨을 걸 만큼은 아니었다.

마티엔은 알베스에게 말했다.

"알베스 님께서는 병사들과 함께 동굴 입구를 지켜 주셔야 합니다. 대신 무슨 일이 일어나더라도 동굴을 벗어나서는 안 됩니다."

"마법사님께서 위험해도 말입니까?"

"상대는 흑마법사입니다. 저들은 저주를 비롯한 온갖 사악한 마법을 사용하죠. 동굴 안은 제가 따로 조치를 취해 사악한 마법에 대항할 수 있지만 그곳을 벗어나면 낭패를 보게 될 겁니다. 그리고 저에 대해서는 걱정하실 필요 없습니다."

곁에 있던 로인이 물었다.

"만약에 저희들이 입구를 지키지 못하면 어찌 되는 겁니까?"

익스는 로인을 향해 '괜한 걱정이야.'라고 말해 주고 싶었지만 굳이 입 밖으로 내지 않았다.

"동굴 입구에 방어막을 마련해 둘 것입니다. 안에서 밖으로 나가는 것은 제약이 없으나 밖에서 안으로 들어가고자 한다면 저의 허락 없이는 불가능합니다."

마티엔은 익스를 바라보며 말을 이었다.

"오래 걸리지 않을 것이니, 잠시만 기다려 주십시오."

마티엔이 동굴과 유적지의 경계선에 서서 지팡이로 땅을 찍자 푸른 장막이 생성되었다.

동굴과 유적지 사이가 가로막히자 알베스가 황급히 소리쳤다.

"폐하, 폐하!"

"짐은 안에 있다. 소란 피우지 말고 마티엔의 말에 따르도록 하라."

푸른 장막에 가로막혀 보이진 않았지만 발소리로 유추해보건대, 알베스와 로인을 중심으로 병사들이 유적지 입구를 가로막고 있으리라.

익스는 벽에 기대어 바닥에 앉았다.

암살에 대한 걱정은 이미 사라진 지 오래다.

마티엔의 실력이라면 흑마법사들이 떼로 몰려오더라도 이겨 낼 테니까.

백마법사와 흑마법사의 대결을 두 눈으로 목격할 수 없다는 것은 아쉬웠지만 호기심에 위기를 자초할 순 없는 일이다.

'그것보다…….'

황제로서 살아남을 방법을 찾아야 했다.

강력한 마법사를 곁에 두는 것만으로 모든 것이 해결되는 것은 아니다.

"이거 완전히 몰락한 황제의 제국 재건 스토리잖아."

지켜보는 입장에선 재미있을 것이나 당사자로선 죽을 맛이었다.

무엇보다 포킹덤의 내용을 알고 있는 익스로서는 더욱 그러했다.

'동쪽으로 갈 수만 있으면 좋을 텐데.'

익스는 코렌스에서 벗어나 동쪽으로 안전히 이동할 방법을 생각해 보았다.

–긴급 공지 : 소유하고 있는 영지를 포기하면 시스템이 강제 종료됩니다. 시스템 강제 종료는 치명적인 에러를 일으켜 접속자의 안위에 큰 위해를 끼칠 수 있습니다. 주의하십시오.

메시지 창을 확인한 익스는 거칠게 소리쳤다.
"환장하겠네!"
그리고 지끈거리는 머리를 잡고서 한숨을 내뱉었다.
그때였다.

–예정된 암살을 극복했습니다.
–S포인트 2,000 획득.
–보상으로 군주 지원 시스템을 설치합니다.
–알 수 없는 보상 획득.

예의라고는 눈곱만치도 없는 메시지 창이 이젠 익숙해진 익스였지만 마지막 메시지를 접하고선 고개를 갸웃거렸다.
익스가 의문에 휩싸여 있을 때, 유적지 입구를 가로막고 있던 푸른 장막이 사라졌다.
미소를 짓고 있는 마티엔과 귀신에게 홀린 것처럼 얼이 빠져 있는 로인을 볼 수 있었다.

익스는 탁자 끝에 엉덩이를 걸치고 앉아 생각에 잠겨 있었다.

'차라리…….'

암살 위험에서 벗어난 직후부터 시작된 고민이 바람막이산을 내려와 성에 도착하고서까지 이어지고 있는 것이었다.

앞서 전달된 메시지 창에 의하면 소유한 땅을 포기해서도 안 되고 죽지도 말아야 한다고 했다.

지금 가지고 있는 땅인 코렌스를 지키고 살아남아야 한다는 뜻이다.

'황제를 포기해 버려?'

익스는 고개를 흔들었다. 자신이 황제 자리를 포기할 것이라 선포한다고 반역자들이 순순히 받아들이겠는가.

반역자들과 그들이 세운 새로운 황제에게는 익스라는 존재 자체가 문제였다.

'죽이 되건 밥이 되건 여기서 끝장을 봐야 한다는 건데.'

익스가 쓰게 웃었다.

"산 넘어 산이네."

혼란스러운 제국에서 코렌스를 지키는 것은 결코 쉬운 일이 아니었다.

익스는 숨죽이고 조용히 지내는 것도 생각해 보았지만 1년 후에 데로트 가문이 몰락하게 된다면 꼼짝없이 죽은 목숨이었다.

살아남기 위해서는 먼저 데로트 가문이 몰락하지 않도록 해야 했다.

황제씩이나 되면서 어찌 남에게 의지하려 하느냐고 물을 수도 있겠지만, 제국의 정세를 알면 그런 말은 쏙 들어갈 것이다.

제국의 복잡한 사정을 간단하게 설명할 길은 없다.

꼬여도 단단히 꼬여서 도저히 풀 수 없는 실타래와 같았으니까.

익스는 자연스럽게 떠오르는 혼란스러운 제국의 사정을 고개를 흔들어 털어 냈다.

그 복잡한 사정을 생각해 봐야 답은 나오지 않는다.

이미 벌어진 일을 되돌릴 수는 없지 않은가.

미래를 안다고 과거를 되돌릴 수는 없는 일이니까.

익스는 자신이 놓여 있는 상황에 집중했다.

현재 반역자들이 황도와 북부, 남부, 중부 일부 지역을 장악했고, 데로트 가문은 제국의 중부 지역 일부와 서부 지역을 장악한 상태다.

코렌스는 데로트 가문이 장악한 서부 지역에서 가장 끝자락에 자리 잡고 있었다.

데로트 가문을 무너트리지 않고서는 코렌스로 들어올 수가 없었다.

반역자들이 거센 파도라면 데로트 가문은 튼튼한 방파제였다. 그러나 이 방파제는 1년 후에 무너진다.

그러니 좋든 싫든 살아남으려면 데로트 가문을 도와야만 했다.

그렇다면 익스가 촌구석이라 불리는 코렌스까지 오게 된 이유는 무엇일까?

468년, 제국의 혼란을 종식시킨 데로트 가문의 가주인 데넥 데로트가 심장마비로 사망한다.

제국의 재상이자 실질적인 제국의 지배자로서 스스로 상국이라 칭하며 실질적으로 제국을 지배한 실권자의 갑작스레 사망은 자연스럽게 혼란을 초래했다.

가장 먼저 발생한 혼란은 제국의 지배자라는 빈자리를 두고 데넥의 두 아들이 다툼을 벌이기 시작한 것이다.

두 형제간의 다툼은 치열해졌고 곧이어 내전으로 발전한다.

제국을 장악하고 있던 데로트 가문이 내전에 빠져든 틈을 노려 케인과 포말 가문이 손을 잡고서 익스를 폐위시키고 새로운 황제를 옹립한다.

데로트 가문이 온전한 상태였다면 재빨리 대응했을 것이지만 내전으로 꼼짝도 할 수 없는 상황이었다.

데로트 가문이 대응하지 못하는 사이 케인과 포말 가문은 새로운 황제를 데리고 혼란으로 폐허가 되어 버린 황도 세난으로 입성하여 재건을 선포한다.

무너진 세난을 복구함으로써 새로운 황제가 진정한 황제임을 알리고 제국의 실권을 잡아 보겠다는 의도였다.

2명의 황제가 존재하는 상황이 만들어졌다.

익스를 손아귀에 쥐고 있던 데로트 가문의 첫째인 도린은 반역자들을 이대로 놓아둘 순 없다는 것을 깨닫는다.

무엇보다 데로트 가문의 주도이자 황제가 머물고 있는 아네스로 암살자들이 쏟아져 들어오기 시작했다.

암살자들의 목표는 황제였다.

황제가 암살당하면 반역자들이 옹립한 새로운 황제만 남게 된다. 그렇게 되면 일순간에 데로트 가문이 반역자로 변해 버린다.

도린은 내전의 승리도 중요하지만 황제를 안전하게 지켜 내야 한다는 것을 깨닫고 익스를 은밀히 코렌스로 이동시켰다.

익스 입장에서 보자면 데로트나 반역자 놈들이나 싫은 것은 매한가지였다. 다만 데로트 놈들은 최소한 황제를 살려 놓으려 했고 반역자들은 황제를 죽이려고 한다.

살아남는 것을 일차적인 목표로 한다면 새로운 황제를 옹립한 케인과 포말 가문 쪽이 확실한 적이라 할 수 있었다.

"일단 내전이 끝나야 하는데."

데로트 가문의 내전은 첫째인 도린파와 둘째인 토텔파로 나뉘어 있다.

당연히 익스는 내전의 결과를 알고 있었다.

"도린을 이기게 만들어야 하는데."

익스 입장에서 보자면 무조건 도린이 승리를 해야 했지만 소설에서는 토텔이 승리한다.

승리하는 쪽에 붙으면 좋겠지만 안타깝게도 그럴 수가 없는 상황이었다.

익스는 지끈거리는 머리를 손가락으로 지그시 눌렀다.

"천천히 가자. 아직 시간이 있으니까. 그리고……."

익스는 시야를 가로막고 있는 메시지 창을 바라보았다.

암살 위험에서 벗어나고부터 메시지 창이 나타났지만 줄곧 무시해 왔다.

—군주 지원 시스템 설치를 완료하였습니다. 실행하시겠습니까?

—예. / 아니요.

익스는 군주 지원 시스템이 무엇일지 추측해 보았지만 마땅한 답을 찾을 수 없었다.

한 가지 분명한 것은 지금까지 메시지 창이 중요한 정보를 제공해 주었다는 사실이다.

군주 지원 시스템이라는 단어를 있는 그대로 받아들인다면 도움을 준다는 것이 아닌가.

익스는 고민 끝에 군주 지원 시스템을 실행했다.

—사용자님께서 군주 지원 시스템 활성화를 선택하셨습니다.

—군주 지원 시스템 활성화에 따라 알 수 없는 보상이 개방됩니다.

—인재(A) 획득.

"인재?"

익스는 인재(A)를 멀뚱히 바라보았다.

보통 인재라 하면 뛰어난 능력을 지닌 사람을 의미한다.

익스는 인재라는 단어에 다른 의미가 있는지 떠올려 보았지만 생각나는 것이 없었다.

"정말 인재를 준다는 거야?"

익스는 마티엔을 만났을 때 나타났던 메시지가 떠올랐다.

처음에는 귀속이었다가 이후 절대 귀속으로 이어졌다.

군주 지원 시스템이 그런 식으로 인재를 준다는 의미일 것이다. 어떻게 인재를 줄지는 모르겠지만.

익스는 좋게 생각하기로 했다.

인재를 얻을 수 있다면 익스로서는 환영할 만한 일이었다.

'네임드였으면 좋겠는데.'

익스는 인재 뒤에 붙어 있는 A를 유심히 바라보았다.

유추해 보자면 A는 등급을 나타내는 것이리라.

A등급이라면 상당한 수준의 인재일 것이다.

"폐하, 총무관이 도착하였습니다."

익스는 눈을 부릅떴다.

'준다는 인재가 로인인가?'

로인이라면 충분히 A급 인재에 속할 만했다.

–인재 배송에 관하여 군주 지원 시스템에서 알려 드립니다. 사용자님께서 요청하신 인재는 현재 준비 중에 있습니다. 인재 검수 절차를 거친 뒤에 배송될 예정입니다. 빠른 시일 안에 배송이 완료될 수 있도록 하겠습니다.

군주 지원 시스템의 메시지는 계속 이어졌다.

–퀘스트가 활성화됩니다.

–보관함이 활성화됩니다.

시야를 가득 채우는 메시지 창에 익스가 중얼거렸다.

"딱 게임이네."

로인을 얻다

토비는 성 지하 창고에 차곡차곡 쌓여 있는 나무 상자를 보고는 흐뭇함을 감추지 못했다.

토비의 시선을 사로잡고 있는 것은 20여 개의 상자 중에서 창고 입구에 가장 가까이 놓여 있는 2개의 상자였다.

겉으로 보기엔 투박해 보이는 상자이지만 안에 들어 있는 것은 엄청난 값어치를 지니고 있는 귀금속들이었다.

'일단 사람을 보내서 식량이랑 무기를 사 와야지.'

토비의 머릿속에 귀금속을 이용할 계획이 세워질 때였다.

"여기 있었군."

토비는 알베스의 목소리에 몸을 돌렸다.

"어서 오십시오."

"그렇게 좋은가?"

"빈손으로 와서 얼마나 걱정이 많았는데요. 저것들을 제대로 활용한다면 길이 보일 것 같습니다."

"길이 보인다라……."

"코렌스가 하늘산맥에 가로막혀 변방에 속하는 촌구석이긴 하지만 그로 인하여 다른 곳에 비하면 전란의 피해가 거의 없는 곳입니다. 더구나 코렌스 북부 지역은 폐하의 직할령이기도 하고요."

"문제는 데로트 놈들 영향력하에 놓여 있다는 것이지."

"그놈들은 집안 문제로 한동안 정신이 없을 겁니다. 서로 다툼이 끝날 때까진 시간이 있습니다. 이곳 사정이 넉넉지 못해 아쉬웠는데, 이번에 가져오신 보물이라면 자립의 기반을 다질 수가 있을 것 같습니다."

"여기보다는 모리스 가문으로 넘어가는 게 더욱 좋지 않겠나?"

"그럴 수만 있다면 좋겠지만 반역자들이 장악한 중부 지역을 어떻게 뚫고 가시려고요. 문제는 그것만이 아닙니다. 데로트 놈들도 폐하께서 동부 지역으로 넘어가는 걸 지켜보고 있지 않을 겁니다. 그리고 모리스 가문이라고 데로트처럼 되지 말라는 법도 없고요. 이럴 것이 아니라 폐하께 의견을 구해 보도록 하지요. 동부 지역으로 넘어가든 이곳에 남든, 결정을 내려 주실 겁니다."

알베스가 창고 밖으로 나가려는 토비를 세워 물었다.

"자네 말이야, 병사들에게 들은 것 없나?"

"뭘 말입니까?"

"간밤에 아무도 찾아오지 않았단 말인가?"

영문을 모르겠다는 토비의 표정에 알베스가 탄성을 내뱉었다.

"허, 믿을 수가 없군."

알베스는 의문 가득한 눈빛을 하고 있는 토비를 보고서는 말을 이어 나갔다.

"산에서 내려온 후 자네에게 알리지 않은 일이 있네."

"근위대장님의 표정을 보니 가벼운 일이 아닌 것 같군요. 무슨 일입니까?"

알베스는 머뭇거리다가 어렵사리 입을 열었다.

"폐하의 암살 시도가 있었네."

토비는 심장이 덜컹 내려앉는 것과 같은 충격을 받았다.

'폐하께서는 무사하냐?'라는 말이 절로 튀어 나기려고 했으나 이내 쑥 들어갔다.

바람막이산에 올랐던 자들이 황제를 포함해서 병사들까지 무사히 복귀하였음을 떠올린 것이다.

이것이 의미하는 것이 무엇이겠는가.

암살을 무사히 막아 냈음을 뜻했다.

"근위대장님께서 큰일을 해 주셨습니다. 또다시 암살이라니. 정말 지독한 놈들이군요."

알베스가 고개를 저었다.

"내가 한 일이 아닐세. 난 나서지도 못하고 지켜보는 것이 전부였지."

"병사들이 활약한 모양이군요."

"병사들도 아니었네. 우리들은 한 일이 없어."

토비가 눈을 동그랗게 뜨고 물었다.

"설마 총무관입니까?"

"그도 아닐세. 우리가 나서고 싶어도 나설 수가 없었지. 암살을 시도한 것은 마법사들이었으니까."

토비는 귀를 의심했다.

"마법사가 폐하를 노렸단 말씀이십니까?"

"그러네."

"농담이십니까?"

"내가 폐하의 안위를 가지고 농담을 할 정도로 정신이 나가진 않았어."

토비는 의심의 눈초리로 알베스를 뚫어지게 바라보며 말했다.

"암살자들이 마법 무구를 사용한 모양이군요."

마법사가 사라지긴 했지만 그들이 만들었던 마법 물품들은 유물처럼 전해져 내려왔고, 제국이나 오대 교단에서도 그것까지 없애 버리진 않았다.

모순적이라고 할 수도 있겠으나 제국과 오대 교단이 무서워한 것은 통제되지 않는 힘을 지닌 마법사였다.

마법 물품은 소유권만 적절히 제어한다면 유용하게 이용할 수 있었기에 파괴하지 않았던 것이다.

“마법사였네. 섬뜩할 정도로 사악한 마법을 사용하는 자들이 암살을 시도했어.”

토비는 마법사가 존재한다는 사실에 충격을 받았다가 이내 의문에 휩싸였다.

“도대체 마법사를 어떻게 막아 내신 겁니까?”

“이번에 폐하께서 산에 오르셨다가 마법사를 받아들이셨네.”

이건 또 무슨 소리란 말인가. 토비는 머리가 혼란스러웠다.

“폐하께서 마법사를 받아들이시다니요. 아까는 암살자가 마법사라고 하지 않았습니까.”

알베스는 나무노래성을 출발하고부터 있었던 일을 차근차근 풀어놓았다.

토비의 표정이 시시각각 변하는 동안 알베스의 이야기가 마무리되었다.

“그러니까 바람막이산에 있는 영묘의 위치를 알고 있는 자가 마법사였고, 폐하께서 그자를 포섭해 영묘의 문을 열고 암살을 시도한 마법사들을 물리치셨단 말씀이군요.”

“맞네. 그렇게 된 일이지.”

토비의 얼굴이 일그러졌다.

"그렇게 큰일이 있었다면 도착하자마 알려 주셨어야죠. 다른 일도 아니고 폐하를 노린 암살이 있었습니다. 그것뿐만 아니라 폐하께서는 마법사까지 받아들이셨습니다. 이 뒷감당을 어떻게 하라고요? 마법사가 폐하와 함께한다는 것이 알려지기라도 한다면 반역자들은 물론이고 오대 교단까지 들고일어날 것입니다."

"진정하게. 그런 일은 없을 테니까."

"우리와 함께하는 자들이 믿을 만한 자들이긴 하지만 영원한 비밀은 없습니다. 결국에는 새어 나갈 겁니다!"

"이 사람아, 진정하라니까. 그런 일은 없을 것이네. 병사들은 기억을 잃었어. 바람막이산에 다녀왔다는 것을 제외하고는 아무것도 기억하지 못해."

"기억을 잃었다고요?"

"마법사가 손을 썼네. 병사들의 기억을 조작했다고 했지. 나로서도 믿기 어려운 일이라 일부러 자네에게 알리지 않았네. 병사들이 산에서 있었던 일을 기억하고 있다면 자네에게 보고를 했을 테니까. 그랬다면 자네가 나를 먼저 찾아왔을 것이고."

"근위대장님께서 저를 찾아오셨다는 것은 마법사의 말이 사실이라는 것이군요."

"기억을 잃은 것이지."

토비가 알베스에게 물었다.

"마법사 말입니다. 그자가 폐하를 돕는 것입니까?"

"폐하께서 그자를 황실 마법사로 임명하셨네."

황실 마법사 임명이 무엇을 의미하는지 토비는 곧바로 알아차렸다.

"폐하께서는 마법 척살령을 거두어들이실 생각이군요."

"언제가 될지는 모르겠지만 그렇다고 봐야지."

"들어 본 바에 따르면 뛰어난 자인 것 같으나 위험부담이 큽니다."

"크지. 그런데 말이야, 흑마법사가 폐하를 노렸네. 폐하께서도 반역자들과 마법사들이 함께하고 있다고 하셨지. 앞으로도 반역자들이 마법사들을 앞세워 폐하를 노릴 것이 분명하네. 그걸 막기 위해서는 같은 마법사를 데리고 있는 것이 좋지 않겠는가. 폐하의 안전을 위해서라도 말이야."

토비는 반박할 수 없었다.

"하긴 우리가 이것저것 가릴 처지가 아니긴 하죠. 한데 그 마법사는 어디에 있는 겁니까?"

"산에 남아 있네. 유적지를 살피고서 봉인하겠다고 하더군. 나중에라도 발견되었다가는 시끄러워질 테니 말이야."

"현명하게 대처하고 있네요. 나중에 만나 봐야겠지만 일단 말이 통하는 상대인 것 같습니다."

"말만 통하는 것이 아니라 능력도 좋아. 자네처럼 치료술에도 일가견이 있는 것 같더군. 더구나 약초를 직접 재배할 정도였네."

토비는 약초 재배라는 말에 눈을 번뜩였다.

"마법사가 폐하를 섬기기로 한 것이 확실합니까?"

"충성 맹세를 직접 보지는 못했지만 폐하를 모심에 지극정성이었지."

"잘됐네요. 그와 이야기를 나누어 봐야 할 테지만, 길이 보입니다. 이럴 것이 아니라 폐하를 찾아뵙고 앞으로의 일을 논의해 보는 것이 좋을 것 같습니다."

"폐하께서는 총무관과 이야기를 나누고 계실 것이네."

"무슨 일이 있는 겁니까?"

"그를 포섭하실 생각인 것 같더군."

"잘됐군요. 그렇지 않아도 폐하께 그자를 포섭해야 한다고 청할 생각이었습니다. 이럴 것이 아니라 우리들도 폐하와 함께 그를 설득해야 합니다. 어서 가시지요!"

토비는 알베스를 이끌고 계단을 뛰어 올라갔다.

익스가 알고 있는 로인은 케인 가문에서 두각을 나타낸 인물이다.

소설에서 문무를 겸비한 것으로 그려지고 있었다.

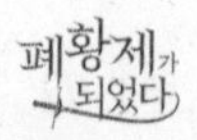

코렌스의 총무관으로 있는 로인이 케인 가문의 로인과 같은 인물인지는 확실하지 않지만 정황상 동일 인물이라 여겨진다.

소설에서도 로인은 실력도 실력이지만 남다른 외모를 지닌 것으로 그려졌다.

코렌스 총무관인 로인도 잘생긴 얼굴이 눈길을 사로잡았다.

익스에게 확신을 준 것은 외모만이 아니었다.

현재 익스와 마주하고 있는 로인의 나이는 스물세 살에 불과하다.

이 젊은 나이에 코렌스를 책임지는 총무관에 임명되었다는 것은 대단히 놀라운 일이었다.

제국엔 곳곳에 황실 직할령이 존재한다.

보통은 황제가 총무관을 임명하여 직할령을 관리토록 하지만, 이것은 황제의 힘이 온전할 때의 일이다.

데로트 가문이 제국의 실권을 장악하면서 황실 직할령은 그들의 손아귀에 떨어졌다.

황실 직할령 총무관 임명권은 데로트 가문이 가지고 있었다.

제국의 실권을 쥐고 있는 데로트 가문에 얼마나 많은 이들이 모이겠는가.

출세를 바라는 자들이 구름처럼 몰려들 것이고 한자리라도 차지하기 위해서 재물도 아끼지 않는다.

총무관은 해당 지역을 온전히 책임지는 자리다. 큰 분란 없이 정해진 세금만 온전히 낸다면 총무관이 무엇을 하건 상관치 않는다.

변방이라 할지라도 총무관 자리는 누구나 탐낼 알짜배기였다.

로인은 젊은 나이에 알짜배기 자리를 차지하고 있었다.

이것이 의미하는 것이 무엇이겠는가.

데로트 가문에서도 로인의 능력을 눈여겨보고 있음을 뜻한다.

'어려울 줄 알았는데…….'

익스는 바닥에 납작 엎드린 로인을 복잡한 눈빛으로 바라보았다.

"소신이 비록 데로트의 힘을 빌려 출세하려고 하였으나 개인의 영달을 위한 것도 아니었으며 불충한 데로트의 야심에 동조했던 것도 아닙니다. 언젠가 폐하를 모시고 제국을 재건할 힘을 기르고 싶었던 것입니다."

"그만 일어나게. 그대의 진심은 짐에게 충분히 전달되었으니까."

"불충한 자들의 힘에 의지해야 한다는 것이 그저 부끄러울 따름입니다."

말로만 해결하려고 했다가는 끝나지 않을 것 같아 익스는 직접 로인을 일으켜 세웠다.

—충직한 조언자 로인을 포섭하였습니다.

—새로운 스토리를 창출하였습니다.

—S포인트 200을 획득합니다.

감격스러운 표정을 한 로인이 뭐라고 입을 열려는 순간이었다.

"폐하, 내무관과 근위대장이 뵙기를 청합니다."

밖에서 들려온 소리에 익스는 재빨리 대답했다.

"들이라."

로인과 단둘이 마주하고 있다가는 죄를 청하고 용서하는 것이 반복될 것 같았기 때문이다.

집무실로 토비와 알베스가 들어섰다. 두 사람 중에서 먼저 입을 연 것은 토비였다.

"폐하께서 총무관을 설득하신다는 소식을 듣고서 도움을 드리고자 찾아왔는데, 그럴 필요가 없어 보입니다."

로인이 토비와 알베스를 향해 허리를 숙였다.

"부족한 것이 많지만 최선을 다해 폐하를 보필하도록 하겠습니다."

"성에 도착하자마자 내가 한 일이 코렌스의 재산을 파악하는 것이었네. 일목요연하게 정리되어 있어서 문서만으로도 코렌스의 사정을 알 수 있을 정도였지. 뿐만 아니라 코렌스의 자산이 투명하게 집행되었음을 알 수 있었네."

토비의 시선이 익스에게 옮겨졌다.

"총무관은 앞으로 폐하께 큰 힘이 되어 드릴 것입니다. 망설이지 마시고 총무관을 황실 재무관으로 임명하는 것이 어떨까 합니다."

익스는 망설임 없이 고개를 끄덕였다.

"그렇게 하지. 내무관이 감탄할 정도라면 무엇을 망설이겠는가."

"성은이 망극하옵니다."

―충직한 조언자 로인을 황실 재무관으로 임명하였습니다.

―새로운 스토리를 창출하였습니다.

―S포인트 200을 획득합니다.

―로인이 사용자에게 귀속됩니다.

로인의 말이 끝나기 무섭게 메시지 창이 나타났다.

시야를 가로막았지만 이제는 익숙해져서 익스는 별다른 불편함 없이 대화를 이어 나갔다.

"마음 같아선 재무관을 위한 파티를 열어 주고 싶지만 짐의 상황이 여의치가 않아 나중에 따로 자리를 마련하도록 하지. 지금은 앞으로의 일을 논의하는 것이 먼저이니."

익스는 잠시 말을 멈추고 신하들과 눈을 마주쳤다.

누가 먼저랄 것 없이 고개를 끄덕였다.

익스는 말을 이었다.

"우린 코렌스에서 자리를 잡고 또한 힘을 길러야 하네. 마침 데로트는 내전 중이고, 초대 황제께서 남겨 주신 유적지에서 보물을 얻어 필요한 만큼의 자금을 손에 넣었네. 시간과 자금이 마련된 것이야. 어쩌면 이것이 마지막 기회일지도 몰라. 어떻게 하는 것이 좋겠나? 짐이 어찌해야 코렌스에서 힘을 기를 수 있을지 알려 주게."

토비를 시작으로 알베스와 로인이 의견을 내놓기 시작했다.

소문은 어디까지나 소문일 뿐

회의를 통해 결정된 상행 준비는 빠르게 진행됐다.

가져갈 물건보다 가져올 물건이 곱절로 많았기 때문이다.

상행에 필요한 빈 수레와 짐꾼, 복귀할 때 가득 채워진 수레를 보호할 병력을 제외한다면 처분할 귀금속이 전부였다.

굳이 비유를 해 보자면 무제한 카드를 들고 백화점 쇼핑을 즐기는 것과 같다고 할 수 있었다.

이번 상행의 책임자는 당연하게도 로인이 임명되었다.

대외적으로 익스는 데로트 가문의 주도이자 임시 황도인 아네스에 있는 것으로 되어 있다.

이런 상황에서 황제의 측근인 토비와 알베스가 아네스가 아닌 곳에서 모습을 드러낸다면 어떻게 되겠는가.

그렇다면 코렌스로 이동하는 도중 습격당하고, 바람막이산에 흑마법사들이 나타난 것은 어찌 된 일일까?

소설의 내용대로라면 이번 암살의 책임자는 바람막이산까지 찾아온 흑마법사들이다.

새로운 황제를 지지하는 반역자들의 수뇌부는 익스가 코렌스로 이동했다는 사실을 아직 보고받지 못한 것이다.

소설에서는 바람막이산까지 찾아온 흑마법사들이 돌아가 보고함으로써 익스의 위치가 알려지게 된다.

마티엔이 흑마법사들을 처리한 만큼 비밀은 한동안 지켜질 것이다.

'그것보다 저게 더 신경 쓰인단 말이지.'

익스는 시야의 왼편 상단을 차지한 메시지 창을 주시했다.

—469년 5월 4일 14:32

—8일.

—인재(A) 배송 중.

메시지 창이 생성된 것은 로인이 상행을 떠나기 하루 전이었다.

상행 준비를 점검하던 익스의 눈에 메시지 창이 생성됐다.

—사용자께서 요청하신 인재 배송이 시작되었습니다.

—인재 배송 완료까지 8일 남았습니다.

이걸 보고 가장 먼저 떠오른 생각은 '택배 회사가 있나?'였다.

택배 회사에 관한 의심은 여전히 지속되고 있었다.

소설 속에 빨려 들어오고 군주 지원 시스템이 나타난 마당에 택배 회사가 등장한다고 이상할 것이 무엇이겠는가.

'기대되는걸.'

익스는 인재가 어떠한 방식으로 배송이 될지 기다려졌다.

만약 택배 회사 같은 것이 있고 택배원이 있다면 만나서 물어보고 싶었다.

이 망할 소설 속에서 빠져나갈 방법이 무엇인지 말이다.

"바람막이산에서 얻은 보물이 있지만 언제까지 그것에 의존할 순 없는 일입니다. 무한한 것은 아니니까요. 코렌스의 발전을 위해서는 꾸준히 이익을 내 줄 특산품이 필요합니다."

인재 배송에 정신이 팔려 있던 익스의 귀로 토비의 이야기가 파고들어 왔다.

"소신의 생각으로는 약초가 특산품이 될 수 있을 것 같습니다. 산에 있는 자가 약초를 재배하였다고 들었습니다. 소신은 약초의 활용법을 알고 있지요. 이를 적절히 활용한다면 코렌스만의 특산품을 얻을 수 있을 것입니다. 어떻게 생각하시는

지요?"

익스는 토비의 의견에 동의했다.

"제국 곳곳에서 크고 작은 전투가 벌어지는 만큼 약초를 생산할 수 있다면 안정적인 이익을 얻을 수 있을 것 같군."

"산에 있는 자가 내려오면 곧바로 논의해 보도록 하겠습니다."

"그의 이름은 마티엔일세. 이젠 이름을 부르도록 하게. 그리고 저수지를 만들도록 하지."

"저수지 말입니까?"

토비가 의아함을 나타냈다.

"그러네."

"소신이 알기론 코렌스는 물이 풍부한 곳입니다."

로인이 작성한 코렌스에 대한 보고서를 익스도 읽었기에 알고 있었다.

코렌스가 식량 생산량이 적은 이유는 인력 부족이었다.

인력만 충분하다면 농지 개간을 통해 충분한 양의 식량을 확보할 수 있었다. 그럼에도 불구하고 저수지를 만들려고 하는 것은 2년 후에 있을 가뭄 때문이었다.

태양 신의 분노라 불릴 정도로 지독한 가뭄이 3년간 지속된다.

재해를 이겨 내기 위해서라도 저수지 개발은 반드시 실행되어야만 한다.

속 시원하게 2년 후에 가뭄이 일어날 것이라 말하고 싶었지만 그럴 순 없는 일이다.

익스는 준비해 두었던 저수지 건설의 당위성을 풀어놓았다.

"짐이 저수지라 말은 했지만 진정으로 만들고자 하는 것은 관개수로일세. 코렌스에 강이 많기는 하지만 그것들이 꼭 농지와 연결되어 있는 것은 아닐세. 무엇보다 코렌스의 강은 수량이 많아 비가 오면 수위가 높아져 주변이 침식되어 버린다고 하였어. 그로 인해 대부분의 농지가 강과 멀리 떨어져 있다고 했네. 짐은 농지와 강 사이에 저수지를 만들어 안정적으로 물을 공급하고자 하네."

토비는 고개를 끄덕일 수밖에 없었다.

익스의 준비는 여기서 끝나지 않았다.

"이왕이면 대규모로 인력을 투입하면 좋을 것 같네. 재무관이 무사히 복귀한다면 코렌스에 식량과 생필품이 풍부해질 걸세. 그것들을 그냥 나누어 주는 것이 아니라 저수지 개발에 참여하는 자들에게 일한 만큼 줄 생각일세."

토비도 익스가 의도하는 바를 알아차렸다.

"재무관이 상행을 떠나기 전에 폐하와 반나절가량 독대를 가진 것으로 알고 있습니다. 소신의 생각으로는 많은 이야기들 중에 화폐에 관한 이야기가 있었을 것으로 사료됩니다."

익스가 새삼스럽다는 표정으로 바라보자 토비는 미소를 지으며 말을 이었다.

“아마 폐하께서는 식량과 생필품을 곧바로 내주기보다는 화폐로 지급하고, 식량과 생필품은 성 인근에서만 구입하게 하실 것 같습니다.”

익스가 토비에게 물었다.

“재무관과 따로 이야기를 나눈 것인가?”

“소신의 추측입니다.”

“그렇다면 짐이 어찌 그러한 조치를 하려는지도 짐작할 수 있겠는가?”

“백성들을 한곳으로 집중시키기 위함일 것입니다. 하루아침에 백성들의 숫자를 늘릴 수 없다면 흩어진 백성들을 한곳으로 모아서 적재적소에 배치하는 것이 최선일 것입니다. 강제적으로 이주시킬 수도 있겠지만, 그렇게 한다면 반발이 생길 것은 자명한 일이지요. 폐하께서 준비하신 일들이 순조롭게 이루어진다면 백성들은 자발적으로 성으로 모여들 것입니다.”

“이것 참, 짐은 기가 막힌 대책을 마련했다고 자부하였건만 결국 자네 손바닥 안에 있었군.”

토비가 고개를 조아렸다.

“그렇지 않습니다. 소신은 코렌스 개발을 위해서 강제적인 방법으로 백성들을 이주시키고자 하였습니다. 반발이 있더라도 어쩔 수 없는 일이라 생각하였습니다. 한데 폐하께서는 저수지를 개발하는 것으로 모든 문제를 간단히 해결하셨습니다. 소신이 괜한 오해를 한 것 같습니다."

"오해라니? 무얼 말인가?"

"폐하께서 갑작스레 저수지 개발을 언급하시기에 초대 황제 폐하의 예언 중에 가뭄에 대한 것도 있을지 모른다고 여긴 것입니다."

익스는 말문이 막혔다.

이를 확인한 토비가 다시 한번 머리를 조아렸다.

"소신이 엉뚱한 생각을 하였습니다. 송구하옵니다."

익스는 겉으로 내색하지 못했지만 속으론 짜증을 쏟아 냈다.

'젠장! 그냥 예언이라 할걸.'

저수지 개발의 당위성을 어떻게 주장할지 고민할 것이 아니라 데로트의 내전에 어떻게 끼어들 것인가를 고민할 것을.

익스가 앞으로 초대 황제의 예언을 적극적으로 이용해 먹을 것이라 다짐하는 사이, 토비가 말했다.

"폐하, 마티엔 경에 관해 드릴 말씀이 있습니다."

외부인이 코렌스로 들어서기 위해서는 반드시 하늘산맥을 거쳐야 한다.

코렌스 태생인 로인이었지만 하늘산맥을 보고 있노라면 절로 감탄이 흘러나왔다.

코렌스에 가려고 하늘산맥 앞에 서는 순간 누구나 얼굴이 하얗게 질려 버림과 동시에 같은 질문을 품는다.

저걸 무슨 수로 넘지?

의문은 하늘산맥 북부 지역에 도달하면 자연스럽게 풀린다.

하늘을 찌를 것 같던 산맥이 갑자기 푹 꺼졌다.

누군가 손가락으로 거대한 산맥을 꾹 눌러놓은 것처럼 보였다.

하늘산맥을 넘어갈 수 있는 유일한 통로인 하늘 길이었다.

로인은 하늘 길에 들어서자마자 곧바로 황제와 함께했던 병사들을 풀었다.

10명의 병사들은 일사불란하게 하늘산맥 안으로 파고들었다.

이를 지켜보고 있던 로인 곁으로 가죽 갑옷으로 무장한 말총머리 청년이 다가왔다.

"정체가 무엇입니까?"

로인은 말총머리 청년 페톰에게 미소로 답했다.

"궁금한가?"

"알려 주실 생각은 있으시고요?"

로인의 미소가 더욱 짙어졌다.

이를 본 페톰이 바닥에 있는 돌을 찼다.

"두 달 전에 십여 대의 마차가 나무노래성으로 들어갔습니다. 외지인들이 대거 왔고, 몇몇 병사들은 멀리서 성에 있는 여인들을 스치듯 보았다고 하였습니다. 너무 예쁘다며 난리도 아니었습니다. 꼬셔 보겠다고 나섰다가 경고를 받기도 했습니다. 그리고 얼마 전부터는 성 근처로는 얼씬도 못 하고 있는 상태입니다. 무엇보다 총무관님이 성에서 쫓겨날 정도라면 얼마나 높은 분이 찾아온 겁니까?"

"자네, 눈썰미가 예전보다 더욱 날카로워졌어."

"까다로운 총무관님 밑에서 버텨 내려면 눈치라도 빨라야지요."

로인은 주변을 살폈다.

짐꾼들은 수레를 점검하고, 병사들은 혹시라도 있을지 모르는 위험에 대비하여 주변을 경계했다.

에소니아 제국이 성립되면서 몬스터의 위협이 거의 사라지긴 했지만 험지에는 일부 몬스터가 서식하는 것으로 알려져 있었다.

하늘산맥은 제국에서도 손에 꼽히는 험지인 만큼 종종 몬스터가 발견되고는 한다.

주변에 아무도 없다는 것을 확인하고서 목소리를 낮추었다.

"알려 줄 순 있지만 알게 된 후부터는 자네 목숨은 자네의 것이 아니게 될 것인데, 괜찮겠나?"

"이젠 농담도 살벌하게 하십니다."

로인이 얼굴을 굳히고 나지막하게 말했다.

"진담일세."

페톰은 흠칫했다.

"성에 계신 분이 예사 분이 아니시군요."

"누구보다 고귀하신 분이지. 그리고 앞으로 내가 목숨을 다해 모셔야 할 분이기도 하네."

로인의 대답에 페톰의 눈이 커졌다.

두 사람의 인연은 깊었다.

지금은 페톰이 로인을 상관으로 모시고 있지만 어릴 적엔 친형제처럼 뛰어놀던 사이였다.

로인의 꿈이 무엇인지 알고 있는 페톰이었다.

"이젠 자네도 알게 되었군. 난 말이야, 자네도 나와 함께해 주었으면 싶어."

"명령입니까, 부탁입니까?"

"명령임과 동시에 형이 동생에게 부탁하는 걸세."

로인이 굳어 있던 얼굴을 풀고 미소를 짓자 페톰이 머리를 긁적이며 답했다.

"그렇게 말하신다면 따를 수밖에 없네요. 그런데 고귀한 분이라는 것은 알겠지만 대충 설명이라도 해 주십시오. 어떤 분이십니까?"

로인은 상행을 떠나기 전에 가졌던 황제와의 독대를 떠올렸다.

독대를 시작할 때만 하더라도 반나절이나 지속될 것이라고는 생각지 못했다.

"놀라운 분이시지. 소문과는 달랐어."

"총무관님께서 그렇게 말씀하실 정도라면 그분에 대한 소문은 전부 거짓이겠군요."

로인은 제국에 떠도는 황제를 비하하는 소문들을 떠올리고는 고개를 흔들었다.

"모든 소문을 반대로 해석하면 되네."

"엄청난 분이시군요."

로인은 황제와의 독대를 떠올리다가 의문에 휩싸였다.

독대에서 많은 이야기가 오고 갔었는데, 그중 하나가 인재 추천이었다.

황제는 인재를 추천해 달라는 부탁을 했고 로인은 조금의 망설임도 없이 페톰을 언급했다.

'왜 놀라신 거지?'

착각이 아니다. 분명 황제는 페톰이 언급되는 순간 반응을 보였다.

로인은 페톰의 얼굴을 뚫어지게 바라보았다.

"왜 그렇게 보시는 겁니까?"

"이상하네."

"이상하다고요? 제 얼굴에 뭐가 묻었습니까?"

페톰이 자신의 얼굴을 두 손으로 더듬는 동안, 흩어졌던 10명의 병사들이 돌아왔다.

다시 모습을 드러낸 병사들은 천으로 둘러싸인 무엇인가를 어깨에 걸치고 있었다.

퀘스트

나무노래성은 황실 직할령인 코렌스 북부 지역의 중심이다. 위치로 보자면 북서쪽으로 치우친 상태였지만 코렌스 북부 지역을 총괄하는 총무관의 관저가 나무노래성이다.

책임자의 거주지가 지배 지역의 중심이 되는 것은 너무나 자연스러운 일이 아니던가.

나무노래성의 특이한 점이라면 성 일대에 백성들이 거주하지 않는다는 것이다.

백성들은 성에서 일정 이상 떨어진 곳에서 커다란 마을을 이루고 살아가고 있었다.

익스는 성에서 가장 높은 탑 꼭대기에서 영지를 내려 보았다.

나무노래성은 바람막이산을 품고 있는 방패산맥 끝자락과 이어진 언덕에 세워져 있었다.

언덕 위는 약간의 굴곡이 있기는 했지만 비교적 평평한 편이었다.

이곳에 세워진 나무노래성이었기에 탑 꼭대기에 오르면 어렵지 않게 영지를 살필 수 있다.

'성을 세울 만하네.'

코렌스의 잠재력은 무궁무진했다.

소설에서 코렌스가 주목받는 것은 지금으로부터 10년이 지난 후다.

10년 후를 기점으로 코렌스의 잠재력이 드러남은 물론이고 폭발적으로 성장한다.

땅도 비옥하고 자원도 풍부하다.

거대한 하늘산맥이 험준하여 그렇지 그곳에 잠들어 있는 자원이 얼마나 많겠는가.

'소설 속에서도 자원의 보고였지.'

그럼에도 익스가 코렌스에서 벗어나려고 했던 것은 지켜낼 엄두가 나지 않았기 때문이다.

코렌스의 현재 주인은 제국을 장악하고 강대한 세력을 이루었을 뿐만 아니라 황제를 허수아비로 만든 데로트이며, 그들이 몰락하고 나선 포킹덤, 그러니까 사국시대의 주역 중 하나인 케인 가문의 손에 떨어진다.

익스는 데로트에게는 허수아비고 케인 가문에게는 반드시 없애 버려야 할 존재였다.

코렌스의 발전 가능성보다는 살아남는 것이 우선이었던 탓에 벗어나고자 한 것이다.

익스는 고개를 흔들어 불안감을 털어 냈다. 마티엔이 곁에 있는 한 허무하게 죽는 경우는 없을 테니까.

'그것보다 이걸 어쩐다?'

익스는 시선을 하늘로 옮겼다.

구름이 가득했지만 흰 바탕으로 인하여 메시지 창이 더욱 선명하게 느껴졌다.

—469년 5월 6일 11:14

—인재(A) 배송 중.

—인재 배송 완료까지 6일 남았습니다.

인재 배송을 알리는 메시지 창 위로 글귀 하나가 익스의 눈을 사로잡았다.

—퀘스트 목록.

퀘스트 목록 활성화를 떠올리자 시야 중앙에 커다란 메시지 창이 나타났다.

–희생당한 자들을 위한 추모 : S포인트 100

–저수지 개발을 위한 인력 확보 : S포인트 100

–북부 코렌스의 개발 : S포인트 1,000

–보유 S포인트 : 3,100

익스의 입에서 절로 한숨이 흘러나왔다.

퀘스트 등장은 어느 정도 예상하고 있었지만, 자신의 생각과는 방식이 달랐다. 무엇보다 신경 쓰이는 것은 퀘스트 옆에 붙어 있는 포인트였다.

퀘스트 목록을 처음 접했을 때는 보상이라 생각했으나 보유 포인트가 함께 나열되는 것을 보고선 생각이 바뀌었다.

"포인트로 퀘스트를 구입하라는 것 같은데."

S포인트라는 것이 퀘스트 구입에 쓰일 줄은 예상치 못했다.

퀘스트 전부를 구입하더라도 포인트는 여유로웠다.

익스는 목록을 지그시 바라보았다.

퀘스트에 대한 설명은 없었지만 제목만으로도 퀘스트 내용을 유추해 낼 수 있었다.

"어차피 해야 할 일이고, 퀘스트를 완료하면 뭐가 되었든 보상도 있겠지."

익스는 시험 삼아 퀘스트 하나를 선택해 보았다.

–희생당한 자들을 위한 추모를 활성화합니다. 퀘스트 실행을 위해 S포인트 100을 차감합니다.

–황제의 피신 과정에서 암살자들에게 희생당한 자들을 추모하십시오. 추모 장소는 바람막이산에 있는 첫 번째 수호자의 유적지입니다.

익스는 퀘스트를 다시 한번 확인해 보았다.

"보상이 없다고?"

–저수지 건설을 위한 인력 확보를 활성화합니다. 퀘스트 실행을 위해 S포인트 100을 차감합니다.

–저수지 개발을 위한 인력 500을 확보하십시오.

–인력 : 0/500

추모 퀘스트가 사라지고 저수지 퀘스트를 선택하였음에도 보상은 보이질 않았다.

익스는 짜증 가득한 얼굴로, 난간을 주먹으로 쳤다.

군주 지원 시스템이 지금까지 보여 준 행태를 한마디로 표현하자면 불친절함이었다.

이것은 두 가지로 해석이 가능했다.

보상이 정말 없거나, 보상은 있지만 퀘스트를 완료해야 확인이 가능한 경우였다. 거기에 퀘스트를 완료하지 못하면 페널티와 같은 것이 주어질 수도 있었다.

게임에서 흔히 볼 수 있지 않던가.

주어진 퀘스트를 완료하지 못하면 돈이나 경험치 같은 것을 빼앗는 경우 말이다.

"괜히 실행했네."

익스가 퀘스트 실행을 후회하고 있을 때, 토비가 탑에 올랐다. 토비가 예를 표하는 동안 익스는 메시지 창을 닫으며 말했다.

"끝난 모양이군. 어떤가?"

맥락 없는 익스의 물음이었으나 토비는 망설이지 않고 대답했다.

"특별한 능력을 떠나 약초에 대한 지식이 놀라울 정도입니다."

"대량으로 재배가 가능한 모양이군."

"그의 말에 따르면 최소 20종 이상 재배할 수 있다고 합니다."

"잘됐군."

"서둘러 약초 재배지를 알아봐야 할 것 같습니다."

익스는 성 동쪽에 있는 들판을 가리키며 말했다.

"저수지를 만들어서 물을 끌어온다면 저곳에서도 재배가 가능하지 않겠나?"

익스는 포킹덤에 나왔던 코렌스를 떠올렸다.

케인 가문에 의해서 개발된 코렌스는 풍요로웠다.

'지금 보고 있는 지역에 거대한 농지가 만들어지겠지.'

수십 개의 저수지와 거미줄처럼 연결된 관개수로는 물론이거니와 곡식을 옮길 수 있는 운하까지 완성되면서 코렌스는 케인의 보물 창고가 되어 주는 곳이다.

엄청난 곡식을 쏟아 낸 곡창지대인 만큼 약초 재배도 가능할 것 같았다.

"당장 살펴보겠습니다."

"이젠 짐이 마티엔을 만나도 되겠나?"

토비가 고개를 조아렸다.

"폐하의 집무실에서 대기 중입니다."

점심나절에 마티엔과 알베스가 성에 도착했다.

익스는 마티엔에게 유적지 조사 결과를 묻고 싶었으나 중간에 토비가 끼어들었다.

마티엔을 검증해 보겠다는 뜻을 내비쳤다.

익스로선 난감한 상황이었으나 마티엔이 선뜻 토비와 시간을 가져 보겠다는 뜻을 밝혀 허락할 수밖에 없었다.

"가지."

"소신이 모시겠습니다."

익스는 탑을 내려가며 토비에게 물었다.

"자네가 보기엔 어떻던가?"

토비는 별다른 고민 없이 마티엔에 대한 자신의 생각을 풀어놓았다.

전반적으로 칭찬이 이어졌다.

끄트머리에서는 아직 신뢰할 수 없다는 말이 나왔지만, 이는 시간이 흐르면 자연스럽게 해결될 문제였다.

'이야기가 잘된 모양이네.'

익스는 탁자를 사이에 두고 마주 앉아 있는 마티엔을 물끄러미 바라보았다.

황제와 같은 높이에서 마주 앉는다는 것은 있을 수 없는 일이었지만 반역자들에게 폐위를 당하는 수모를 겪는 것은 물론이고 변방으로 쫓겨난 허수아비 황제 주제에 무슨 격식이 필요하겠는가.

마티엔이 한사코 사양했으나 익스는 강제로 마주 앉혀 놓았다.

"고생 많았네."

익스의 말에 마티엔이 입가에 미소를 그리며 답했다.

"마법사에게 고대 마법사의, 그것도 첫 번째 수호자의 유적지를 살필 수 있는 기회가 주어졌습니다. 어찌 그것을 고생이라 할 수 있겠습니까. 도리어 커다란 행운이지요."

익스가 고개를 저었다.

"그게 아니라 내무관에게 잡혔던 것을 두고 한 말일세."

마티엔의 옆집 할아버지와 같은 인자한 표정에, 잠시였지만, 곤욕스러움이 드러났다가 사라졌다.

"처음 마주하였을 때는 당혹스럽긴 했지만 서로 통하는 것이 있어 즐거운 시간이었습니다."

"약초에 관한 이야기겠지."

"그러하옵니다. 약초는 물론이고 치료술에 관한 조예가 상당했습니다."

"내무관의 치료술에 대해서는 의심의 여지가 없지. 짐이 듣기로는 죽은 사람도 살릴 수 있다고 하더군. 실제로 보지는 못했지만 말이야."

"치료술로 죽은 사람을 살릴 수도 있는 겁니까?"

익스가 어깨를 으쓱했다.

"짐이 치료술에 대해 아는 것이 무엇이 있겠는가. 그건 내무관에게 묻게나. 그것보다 유적지 조사는 어찌 되었나?"

마티엔은 대답 대신 품속에서 가죽으로 만들어진 주머니를 꺼내 탁자에 올려놓았다.

익스는 주머니를 살폈다.

화려하진 않지만 가죽과 가죽 실을 엮어 만들어진 주머니였다.

"무슨 주머니지?"

"유적지에서 발견된 마법 주머니입니다."

"마법 주머니라면, 설마?"

"그렇습니다. 공간 확장의 마법이 새겨진 마법 주머니입니다. 그리고 주머니 안에는 유적지에서 발견된 금괴와 은괴를 넣어 두었습니다."

익스가 크게 놀랐다.

"보물이 더 있었단 말인가?"

"숨겨진 공간은 소신이 파악한 바에 따르면 11개였습니다. 그곳에서 금괴와 은괴가 대량으로 발견되었습니다."

"대량이라면 얼마나 된단 말인가?"

"1kg의 금괴가 300개였고 은괴는 800개였습니다."

익스의 입이 벌어졌다.

귀금속에 이어 300kg의 금괴와 800kg의 은괴라니.

생각지도 못한 일이었다.

소설에서 마티엔과 첫 번째 수호자의 유적지에 대해 언급이 되긴 했으나 상세히 기술되진 않았다.

익스의 기억에 따르면 다음과 같았다.

–바람막이산에 잠들어 있던 첫 번째 수호자의 유적지가 마티엔에 의해 열리면서 마법사들은 암흑과 같았던 시대를 벗어날 기회를 얻은 것이나 마찬가지였다.

토씨 하나까지 같은 건 아니지만 대략 위와 같은 내용이었다.

'로또 맞았네.'

여기서 짚고 넘어가야 할 것이 있다.

소설 포킹덤에서 사용되는 무게, 넓이, 거리 등과 같은 도량형은 지구의 것을 그대로 가져왔다는 사실이다.

작가 놈의 귀찮음에 의한 것일 테지만 어찌 되었건 익스에게는 고마운 일이었다.

익스는 탁자에 놓인 주머니를 다시 한번 바라보았다.

금 300kg에 은 800kg은 지구에서도 엄청난 가치를 지니고 있었다.

"금괴와 은괴가 전부 이 주머니에 들어가 있다는 말이지?"

"그러합니다."

"그만한 보물이 전부 들어갈 정도라면 마법 주머니가 지닌 가치도 상당할 것 같군."

"마법 주머니의 가치가 주머니 안에 들어간 금괴와 은괴보다 클 것입니다."

"엄청난 걸 발견했군."

막 황제가 되었다는 걸 깨달았을 때는 그야말로 절망적이었다. 그런데 일이 이렇게 술술 풀릴 줄이야.

뭐가 되었든 돈이 많으면 좋다.

돈이 모든 문제를 해결해 줄 수는 없으나 많은 문제를 해결해 주기는 한다.

익스는 마법사인 마티엔이 케인 가문에 빠르게 자리를 잡은 이유를 알 수 있을 것 같았다.

결국 돈이었다. 막대한 자금으로 케인 가문의 유력 인사들을 포섭했을 것이다.

마티엔이 본격적으로 활동한 시기는 10년 후다.

10년 후면 케인 가문이 제국 서부 지역을 장악하고 코렌스 지방 개발을 시도할 때였다.

개발을 위해서는 돈이 필요했을 것이고, 마티엔이 개발 자금의 일부를 충당해 주었다면 케인 가문으로서는 거부할 이유가 없었을 것이다.

그때라면 제국은 이름만 남아 있을 때였다.

제국에 의해 시작된 마법 척살령도 유명무실해졌을 것이고 오대 교단 역시 그 사건을 기점으로 급격히 쇠락하여 영향력을 잃었을 테니까.

'케인 가문이 가져야 할 것들을 모조리 내가 차지하는 형국이네.'

이왕 차지할 것이라면 좋은 것들만 쏙쏙 빼먹어야 한다. 탈이 날 것들은 쳐 내고 말이다.

로인과 마티엔이라면 케인 가문의 인재군 중에서 알짜라 할 수 있었다.

익스는 주머니를 마티엔 쪽으로 밀었다.

"이건 받을 수 없네. 성 창고에 쌓인 귀금속과 마법 물품만으로도 충분하니 말이야. 이건 자네가 쓰도록 하게."

의문의 바다 손님

마법 주머니가 어찌 욕심나지 않겠는가.

하지만 주는 것을 넙죽 받아먹을 순 없었다.

"일전에도 말씀드렸습니다. 유적지에서 발견된 마법 기구만으로도 소신은 충분합니다. 그리고 폐하께서는 소신에게 마나어를 전수해 주시기로 하였습니다. 마법사에게 보물은 금괴와 은괴가 아니라 마나어입니다. 그러니 괘념치 마십시오."

"그렇다면 토비에게 넘기도록 하게. 코렌스에 자리 잡기 위해서는 많은 자금이 필요할 터이니 말이야."

"폐하, 유적지에서 발견한 것은 이것뿐만이 아닙니다. 수레에 가득 실려 들어온 것은 과거 제국에서 발행한 화폐입니다. 금화와 은화는 이미 내무관에게 넘겼습니다. 그러니 마법 주머니는 폐하께서 요긴하게 사용하시지요."

"내무관이 급히 지하 창고로 내려간 것이 그것 때문이었군."

"양이 제법 되는지라 파악하려면 시간이 필요할 것입니다. 소신도 전부 세어 보지 못할 정도였습니다."

"자네에게는 늘 받기만 하는 것 같아."

"폐하께서 소신에게 하사하신 것이 너무도 많습니다. 유적지의 문을 열어 주셨음은 물론이고, 마나어까지 알려 주신다고 하지 않으셨습니까. 마나어를 익힌다면 돈은 얼마든지 얻을 수 있게 될 것입니다."

마티엔의 말 그대로였다.

그는 황금 알을 낳는 거위나 마찬가지였다.

당장 마법 물품을 만들 순 없지만 마나어를 전수받으면 마법진을 사용할 수 있고, 마법진을 사용할 수 있다는 것은 마법 물품을 제작할 수 있다는 것과 같은 의미다.

"좋네. 앞으로 시간이 날 때마다 알려 주도록 하지. 대외적으로 자넨 마법사가 아니라 치료사로서 알려질 걸세."

"내무관에게 들었습니다."

"들었다면 설명할 필요가 없겠군. 잘 부탁하네. 그리고 말이 나왔으니 지금부터 마나어를 전수하도록 하지. 자네라면 금방 배울 수 있을 것이야."

익스는 마티엔에게 한글과 한국어를 가르쳤다.

자음과 모음을 알려 주고 있을 때, 알베스가 집무실을 찾아왔다.

"폐하, 병사들이 시신을 수습해 복귀하였습니다."

익스는 자리에서 벌떡 일어나 물었다.

"모두 수습했나?"

"다행스럽게 모두 수습하였습니다."

퀘스트를 완료하여 보상의 유무를 확인할 수 있는 기회가 찾아왔다.

과거의 익스는 하늘 길을 넘기 위해 대가를 톡톡히 치러야 했다.

그 대가는 피와 목숨이었다.

하늘 길을 넘는 과정에서 희생된 생명이 무려 23명에 이른다.

암살자들의 습격을 막아 내는 과정에서 9명의 근위 기사가 목숨을 잃었다.

근위 기사단이 알베스를 포함해 10명으로 이루어진 것을 감안한다면 사실상 와해된 것이나 다름없었다.

피해는 여기에 그치지 않았다.

익스를 지근거리에서 보필하던 데일 대공과 세실리아 공작 또한 암살자들에 의해 목숨을 잃었다.

나머지 12명은 병사와 궁인이었다.

익스와 함께했던 숫자가 60여 명이었음을 감안한다면 절반 가까이 희생당한 것이다.

이것만으로도 암살자들의 습격이 얼마나 지독했는지를 알 수 있었다.

익스는 크게 숨을 들이마셨다가 내뱉었다.

23개의 관이 동굴 앞에 나란히 놓여 있었다.

동굴 안으로 들어가면 첫 번째 수호자의 유적지 입구가 나타난다.

지금은 마티엔의 마법으로 인하여 막혀 있을 것이다.

익스는 좌우를 둘러보았다.

오른쪽에는 알베스가, 왼쪽에는 토비와 마티엔이 자리했다.

그 뒤로는 10명의 병사들이 열을 맞추고 있다.

'시작하자.'

익스는 이번 추모를 위해 머리를 싸맸다.

수십 종의 추모사를 작성해 보았으나 마음에 차는 것이 없었다.

추모가 뭐 대단하다고 그리 신경을 쓰냐고 할 수도 있겠으나 별것 아니라고 대충 넘겨서는 안 되는 일이었다.

희생자들을 위한 추모는 퀘스트가 실행되기 전부터 준비하고 있었다.

'말보단 행동이지.'

익스는 관을 앞에 두고 무릎을 꿇었다.

"폐하!"

알베스의 목소리가 가장 크게 들렸다.

그가 가까이 다가오는 것을 느끼고 익스가 소리쳤다.

"자리를 지켜라!"

알베스가 어느새 곁에 다가왔다.

"어찌……."

"짐을 위해 목숨까지 내준 이들이다. 이름뿐인 황제를 지키고자 갖은 수모를 겪었던 이들이고 끝내 목숨까지 잃었다. 그런데 짐은 희생당한 이들에게 명예를 줄 수도 없고 하다못해 가족들을 챙겨 줄 수도 없다."

익스는 눈을 감고서 온갖 슬픈 생각을 떠올렸다.

'눈물이 나오면 좋겠는데.'

평소 연기에 소질이 있었던 것은 아니지만 익스는 소설 밖에 있는 가족과 친구들을 생각함으로써 서러움을 끌어 올릴 수 있었다.

곧 눈이 화끈거림을 느꼈고 원하던 눈물이 볼을 타고서 바닥에 떨어졌다.

"짐이 저들에게 해 줄 수 있는 것이라고는 이렇게 무릎을 꿇고 눈물로 안타까움을 전하는 것밖에 없다."

추모식에 참석한 이들은 누구랄 것 없이 익스와 같이 바닥에 무릎을 꿇고 흐느꼈다.

'휴우, 잘 풀렸네.'

익스가 퀘스트를 실행하기 전부터 추모를 준비한 것은 남아 있는 신하들을 위해서였다.

충신들이라 해서 충성을 바치는 것이 당연한 일은 아니다.

토비나 알베스와 같은 귀족들만이 아니라 병사들과 궁인들도 마찬가지다.

저들이라고 어찌 유혹이 없었겠는가.

한몫 챙기고자 했다면 얼마든지 가능했을 것이다.

그럼에도 배신하지 않고 끝까지 자리를 지켰다.

소설 속에서도 코렌스까지 동행한 이들은 끝까지 폐황제를 보필하였고, 최후의 순간까지 자리를 지켰다고 했다.

이러한 자들을 어찌 허투루 대할 수 있겠는가.

황제인 이상, 익스는 충신들에게 뭐라도 보여 주어야 했다.

요식행위라 할지라도 충신들을 아끼고 있음을 표현해 주어야 하는 것이다.

'이쯤 하면 완료되어야 하는데. 더 해야 하나?'

익스는 관을 향해 절을 올렸다.

–희생당한 자들을 위한 추모가 완료되었습니다.

–강철 99 획득.

–C포인트 10 획득.

–현재 사용자께서 소유한 인물들의 충성심이 대폭 상승합니다.

–연계 퀘스트가 활성화됩니다.

–연계 퀘스트를 실행하기 위해서는 S포인트 100이 필요합니다.

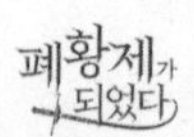

–연계 퀘스트를 실행하시겠습니까?

퀘스트가 완료되고 보상이 이어지자 익스의 입꼬리가 절로 올라갔다.

익스 앞에 아무도 없었기에 망정이지 누군가 보고 있었다면 의아하게 여겼을 것이다.

익스는 강철과 C포인트라는 것에 관심을 가졌다.

포인트라는 것이 한 종류만 있는 것이 아닌 모양이다.

새로운 포인트의 사용처는 군주 지원 시스템이 차차 알려줄 것이다.

군주 지원 시스템의 불친절함이야 이미 여러 번 겪어 보았다.

포인트에 대한 설명도 따로 없을 것이 분명했다.

익스가 눈여겨본 것은 포인트보다는 강철 99였다.

보상으로 주어졌다면 강철이 어딘가에 있을 것이다.

강철 99가 어느 정도 양인지도 파악해 봐야 했고, 연계 퀘스트를 거부할 이유도 없었다.

–연계 퀘스트를 실행합니다.

–첫 번째 수호자의 유적지 입구에 무덤과 추모비를 건립하십시오.

–S포인트 100 차감.

–보유 S포인트 : 2,800

–무덤 : 0/1, 추모비 : 0/1

익스는 몸을 일으키고 말했다.

"이곳에 무덤과 추모비를 만들어라."

어선 두 대가 일정한 거리를 두고 나란히 이동하다가 서로 간의 거리를 빠르게 좁혔다.

가까워진 어선 갑판은 분주하게 움직이기 시작했다.

노를 잡고 있던 어부들이 어선 난간에 걸린 밧줄을 잡았다.

키를 잡고 있는 선장이 목에 핏줄을 세우며 소리쳤다.

"당겨, 어서 당기란 말이야!"

선장의 외침에 밧줄을 잡은 어부들의 팔뚝 근육이 잔뜩 부풀어 올랐다.

"하나, 둘, 영차!"

바닷속에 잠겨 있던 밧줄이 갑판으로 쌓여 나갔고 얼마 지나지 않아 그물이 모습을 드러냈다.

그물 안에는 물고기가 가득했다.

그물을 가득 채울 정도는 아니었으나 최소한 70마리 이상은 될 것 같았다.

왼쪽 어선에 오른 어부들이 그물과 연결된 밧줄을 지지대에 고정시키고 나무 뜰채로 물고기를 건져 올렸다.

"이 자식아! 1마리씩 올려. 뜰채가 부러지면 네놈이 바다에 들어가서 물고기 건져 올리게 할 거다."

동시에 여러 물고기를 건져 올리던 청년 어부가 화들짝 놀라 뜰채에 물고기를 1마리만 넣어 갑판으로 옮겨 놓았다.

그물 안 물고기가 30마리 정도로 줄어들자 오른쪽 어선에서 그물을 완전히 건져 올렸다.

어부들은 나무 상자에 물고기를 채우고서 그물을 차곡차곡 정리했다.

"휴식. 쉬었다가 복귀한다."

작업이 끝나자 어부들은 누가 먼저랄 것 없이 갑판에 주저앉았다.

"어이쿠, 힘들다."

얼굴에 주름이 가득한 늙은 어부의 앓는 소리에 젊은 어부가 반응을 보였다.

"할배, 이젠 그만두어야 할 것 같은데. 오늘 보니까 예전만 못한 것 같아. 아까도 출렁일 때 위험했다고."

"이놈의 자식아, 너도 나이 먹어 봐라. 그리고 힘만으로 하는 일이 아니야. 요령이 있어야지. 요령이 있으니까 출렁일 때도 버티고 있는 거야."

"내가 괜히 말하나. 걱정된단 말이야. 요령이든 운이든 간에 오늘은 무사히 넘어갔지만 나중에는 어떻게 될지 몰라. 할

배한테 큰일이라도 나면 애들은 어쩌려고."

늙은 어부의 표정이 급격히 어두워졌다.

"누가 그걸 모르나. 근데 어쩌겠어. 새끼들 먹여 살리려면 일을 해야지. 일할 사람은 나밖에 없고, 내가 할 줄 아는 것이라고는 이것밖에 없는데. 어떻게든 해야지."

"이번에 높으신 분이 뭘 만든다고 사람을 찾던데. 거길 가 보는 게 좋을 것 같아. 여긴 너무 위험하단 말이야."

"품을 제대로 챙겨 줘야지. 거기서 얼마나 챙겨 주겠어? 어떻게든 뜯어먹을 생각만 할 건데."

"준다고 했어."

"쥐꼬리만큼 주겠지."

"그건 옛날 일이지. 이번 영주님은 제법 괜찮잖아."

늙은 어부가 젊은 어부에게 핀잔을 줬다.

"이 무식한 놈아, 영주님이 아니라 총무관이라고 몇 번을 말을 해야 알아먹겠냐. 영주님이 아니라 총무관이다. 그리고 이번에 다른 총무관이 온 것 같은데."

"다른 총무관?"

"으이그, 정작 중요한 소문은 듣지도 않고 있네. 귀 좀 열고 살아라. 젊은 놈이 어찌 나보다 몰라."

젊은 어부가 고개를 갸웃했다.

"이상하다. 촌장은 그런 소리가 없었어. 총무관이 바뀌었으면 알려 줬겠지. 그냥 높으신 분이 와서 총무관이 그분을 모셔야 한다고만 말했다고."

"답답한 놈이. 총무관이 모셔야 할 사람이라면 얼마나 높은 사람이겠어? 그리고 높은 사람이 이 촌구석까지 찾아올 이유는 하나뿐이지. 보나 마나 뜯어먹을 생각이야."

"난 그런 것 모르겠고, 어쨌든 센드 아범 알지?"

"당연히 알지. 그놈이 왜?"

"사흘 전에 높으신 분께서 사람을 구한다는 소리에 찾아갔다가 일을 해 주었는데, 품을 거하게 줬다는 거야. 큰 빵 10개랑 훈제 물고기 5마리를 받았대."

늙은 어부가 깜짝 놀란다.

"그렇게 많이 줬다고?"

"일한 만큼 챙겨 주는 모양이야. 이번 일은 길지 않아서 이틀 만에 끝났지만 다른 일은 제법 오래 할 거라고 말했던 것 같아. 품도 제대로 챙겨 줄 테니까 꼭 오라고 했다는데."

늙은 어부가 관심을 보였다.

그렇지 않아도 바다 일이 힘에 부쳤다.

이제 그만둘 때가 되었다고 생각하고 있었으니까.

그럼에도 계속 바다에 나온 것은 마땅한 대책이 없었기 때문이다.

"정말 잘 챙겨 준다는 거지?"

"그렇다니까. 센드 아범이 찾아와서 같이 일하자고 얼마나 설득했는데. 언제 한다고 말을 한 것 같은데, 나는 관심이 없어서 기억이 안 나네. 어쨌든 할배가 하면 딱일 거야."

"자세히 이야기해 봐라."

"내가 말했잖아, 난 관심이 없어서 기억이 안 난다니까. 궁금하면 촌장님한테 가 봐."

두 사람이 대화를 나누고 있을 때, 동료들이 소리쳤다.

"저기 뭐야?"

"뭐가?"

"저기 말이야. 저기 먼바다에서 뭔가 오고 있잖아."

새로운 일거리에 대해서 이야기를 나누던 두 사람은 동료들이 소란을 일으키자 궁금함에 동료들과 같은 곳을 바라보았다.

"저거 배 같은데."

"엄청 큰 것 같은데."

"어디서 오는 배야? 도대체 저런 배를 어떻게 만든 거야?"

보관함

익스는 침실 바닥에 엉덩이를 붙이고 앉아 무엇인가를 뚫어지게 바라보고 있었다.

익스의 시선을 받아 내고 있는 것은 표면이 울퉁불퉁한 둥그스름한 물체였다.

둥그스름한 물체를 한 손으로 집어 올린 익스가 속삭이듯 중얼거렸다.

"신기하단 말이지."

익스의 중얼거림이 끝나기 무섭게 둥그스름한 물체가 자취를 감추었다.

놀라움은 여기서 그치지 않았다.

빈손이었던 익스의 손에 둥그스름한 물체가 다시 모습을

드러냈다.

귀신이 곡할 노릇임에도 익스의 표정은 변화가 없었다.

마치 당연하다는 듯이 지켜보고 있을 뿐이었다.

"이게 1개고."

익스는 손에 들고 있는 물체를 바닥에 내려놓았다.

"이건 2개짜리."

익스의 손은 더 이상 빈손이 아니었다.

전체적으로 비슷한 형태를 가졌으나 이전보다 큰 물체가 나타났다.

익스는 이와 같은 일을 반복했다.

그의 손이 위아래로 움직일수록 바닥에 놓이는 물체의 숫자가 늘어났고, 5개가 되고 나서야 바삐 움직이던 익스의 손이 멈췄다.

바닥에 놓인 물체를 살펴보면 특이한 점을 발견할 수 있었다. 왼쪽부터 오른쪽으로 갈수록 물체의 크기가 커진다는 것이다.

익스는 바닥에 놓인 물체를 양손에 하나씩 들고 번갈아 바라보았다.

"확실히 1개가 1kg이야."

익스는 허공에 띄워진 창을 바라보았다.

이전과 같은 메시지 창이 아니라 테두리가 가방 모양을 하고 있는 창이었다.

테두리 안쪽에는 정사각형 5개가 나란히 자리 잡았고, 그중 한 칸에는 익스가 손에 들고 있는 물체와 같은 아이콘이 채워져 있었다.

"마법 주머니보다 더 마법 같은데."

마법 주머니는 주머니 안에 손을 넣어야만 물건을 꺼낼 수 있지만, 가방 모양의 테두리를 지닌 보관함은 생각만으로 보관 중인 물건을 꺼낼 수 있었다.

익스는 보관함에 다른 물건을 집어넣고자 했다.

마법 주머니가 유용하다고는 하지만 안전성 면에서는 커다란 리스크가 존재했다.

마법 주머니를 분실한다면 주머니 안에 있는 것을 모두 잃어버리는 것과 마찬가지였다.

익스는 마법 주머니에 있는 금괴를 보관함에 넣으려고 시도하였으나 아쉽게도 불가능했다.

–사용자께서 요청하신 명령은 수행이 불가합니다.

익스는 한숨을 내뱉었다.

시스템이 불친절하다는 것은 진즉 알고 있었지만 제약까지 많을 줄이야.

'은근히 촘촘해.'

익스는 보관함 활용을 시작으로 시스템의 허점을 파고들고자 했으나 초장부터 가로막혀 버렸다.

생각 같아서는 핵이라도 사용하고 싶었지만 애초에 불가능한 일이었다.

익스는 보관함에 관한 생각을 접고서 바닥에 놓인 물체를 보관함 안으로 집어넣었다.

아이콘 하단에 있는 숫자가 98이 되었다.

"보상으로 강철 99kg이라면 괜찮은 편이지."

익스의 손에서 나타났다가 사라지는 물체의 정체는 퀘스트를 완료하고 받은 강철이었다.

누군가는 보상이 강철인 것에 실망할 수도 있을 것이다.

소설 포킹덤은 시대적 배경을 중세 유럽을 기반으로 하고 있었다. 완전히 똑같다고 할 수는 없겠지만 많은 부분을 적용했다.

제련 기술도 그중 하나였다.

현재 제국에서도 강철을 생산하고 있으나 품질이 일정치 않았고, 생산량 또한 많지 않았다.

예를 들어 100개의 강철을 만든다고 한다면 1~2개 정도가 만족할 만한 강도를 지니고 있을 뿐이었다.

기계적으로 뽑아내는 것이 아니라 사람의 손과 감에 의지해야 했기에 탄소 함유량을 일정하게 유지한다는 것은 사실상 불가능한 일이었다.

하지만 익스는 보관함에 있는 강철은 다를 것이라 여겼다.

'완벽한 강철일 거야.'

강철은 쓰임새에 따라 탄소 함유량을 달리하고 당연히 강도가 천차만별이다.

익스가 언급한 완벽한 강철이란, 강도가 높은 강철을 의미한다.

이를 확인하기 위해 익스는 알베스를 통해 영지에 있는 대장장이들을 섭외해 강철 1개를 넘겨주었다.

익스가 보관함에 강철 98로 되어 있음에도 99㎏이라고 말한 것은 대장장이들에게 건넨 것까지 합해서다.

'빨리 끝났으면 좋겠군.'

익스는 재촉할 생각이 없었다.

중세 유럽 수준의 대장 기술로 강철의 강도를 정확히 파악하려면 꽤나 시간이 걸릴 것이다.

유능한 대장장이라면 물건을 만지고 보는 것만으로 품질을 짐작할 수 있겠지만 증명하는 것은 다른 문제였으니까.

완벽한 강철로 무기와 갑옷을 만든다면 이 또한 돈이 된다.

팔지 않고 병사들을 무장시키는 것만으로도 전력 상승효과를 얻을 수 있었다.

'그것보다 이게 더 골치 아프단 말이지.'

—469년 5월 11일 13:05

—인재(A) 배송 중.

—인재 배송 완료까지 1일 남았습니다.

인재 배송이 하루 앞으로 다가왔다.

달랑 하루다.

하루밖에 남지 않았다면 인재 배송에 대한 낌새가 있어야 할 텐데 낌새는 눈곱만큼도 보이지 않았다.

'뭘 어떻게 배송한다는 건지.'

지금까지 겪어 본 바에 따르면 시스템이 거짓말을 한다거나 사기를 친 예는 없었다.

'그래도 너무 조용하단 말이지.'

익스가 인재 배송에 관한 생각에 빠져 있을 때였다.

"폐하, 근위대장이 도착하여 대기 중입니다."

익스는 자리에서 일어났다.

알베스가 찾아온 것은 식사를 함께하기 위함이었다.

추모를 끝내고 바람막이산에서 내려온 익스는 지금까지 함께하고 있는 신하들과 식사 시간을 가지는 중이었다.

식사 자리에는 귀족 출신뿐만 아니라 궁인과 병사도 포함되어 있었다.

그동안의 고생을 위로함과 동시에 보상을 주기 위함이었다.

유적지를 통해 상당한 자금을 확보한 만큼, 그들이 만족할 상당한 수준의 부를 약속해 주었다.

익스가 단순히 위로와 보상을 목적으로 주변인들을 만난 것은 아니다.

함께하고 있는 자들 중, 소설 속에서 언급되었던 인물이 있는지 파악하려는 의도도 깔려 있었다.

침실 밖으로 나온 익스는 알베스의 얼굴에 다급함이 담겨 있는 것을 보고 물었다.

"무슨 일이 있나?"

시스템이 제공하는 시간으로 보자면 오후 1시가 조금 넘었을 뿐이다. 점심 식사를 약속하긴 했지만 시간이 명확하지 않을 때였다.

"폐하, 그물 마을에 커다란 배가 정박했다는 보고가 올라왔습니다."

그물 마을이라면 성 북쪽에 자리 잡은 마을로 북부 코렌스에서 다섯 손가락 안에 꼽힐 정도로 큰 마을이었다.

주민 대다수가 어부로 일하고 있는 곳이었기에 어설프게나마 부두가 마련되어 있다고 했다.

부두가 있다면 배가 찾아오는 것은 너무나 당연한 일이었다.

'잠깐!'

익스의 머릿속을 스쳐 지나가는 단어가 하나 있었다.

해금령.

에소니아 제국은 바다로의 진출을 철저하게 가로막는 해금령을 유지하고 있었다.

제국이 해금령을 실시한 이유를 설명하자면 끝이 없으나 간단히 설명하자면 두 단어로 정리할 수 있다.

이종족과 마법사.

바다는 제국의 역사에서 철저히 소외되어 왔기에 배를 타고 바다로 나간다는 것은 있을 수 없는 일이었다.

그나마 이루어지는 것이 조그마한 배로 물고기를 잡는 정도가 전부였다.

사람들이 바다로 눈길을 돌린 것은 사국시대가 성립되기 직전부터였다.

이런 상황에 정체불명의 커다란 배가 찾아온 것은 충격적인 사건이라 할 수 있었다.

"적대적인 자들인가? 설마 전투가 벌어진 것은 아니겠지?"

"우려하시는 일이 벌어지진 않은 것 같습니다. 그물 마을 촌장이 자경대원을 보내 물어보니 배를 타고 온 자들이 영지 안으로 들어오고 싶다는 의사를 내비쳤다고 합니다. 이에 소장이 치료사를 보내 그들과 접촉하도록 하였습니다."

마티엔이 갔다고 하니 안심이다.

정체불명의 배가 적대적으로 돌변한다 해도 마티엔 앞에서는 고양이 앞의 쥐일 뿐이다.

"자세히 이야기해 보게. 큰 배면 도대체 얼마나 크다는 거

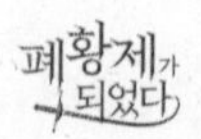

야?"

"조금 전에 자경대원들이 도착했고, 치료사를 파견하고서 곧바로 오는 바람에 다른 정보는 파악하지 못하였습니다. 송구하옵니다."

"자경대원들이 남아 있겠지?"

"성으로 찾아온 이가 3명이었고, 그들 중 하나는 길잡이로 치료사와 동행시켰습니다. 나머지는 성에서 대기 중입니다."

익스는 직접 캐묻고 싶었지만 황제가 코렌스에 있다는 사실은 되도록 오랫동안 감추어야 했기에 함부로 모습을 드러낼 수 없었다.

"자네가 가서 알아보고 보고하게."

마티엔은 내리막길에 접어들자 재빨리 고삐를 당겨 달리던 말의 속도를 늦추었다.

그물 마을의 전경이 한눈에 들어왔다.

오른쪽 기암절벽에서 시작된 백사장은 왼쪽 방패산맥 끝자리까지 초승달 모양으로 길게 이어져 있었는데 마치 바다와 그물 마을을 가르는 경계선과 같았다.

그물 마을은 방패산맥과 백사장 중간에 자리 잡은 평지에 둥지를 틀고 있었다.

더욱 정확히 말하자면 방패산맥에서 백사장 쪽으로 완만하게 기울어진 공간에 위치한 것이다.

마티엔은 로인이 작성한 북부 코렌스 황실 직할령 현황 보고서를 떠올렸다.

그물 마을은 보고서에서 상당한 비중을 차지하고 있었다.

북부 코렌스에서 손에 꼽히는 4개의 마을 중 하나였기 때문이다.

거주민은 대략 8천 명.

주요 수입원은 생선이다.

그물 마을의 남자들은 어부 내지는 나무꾼으로 일하고 있고, 여자들과 아이들은 물고기를 훈제시키거나 말린다.

그래서인지 그물 마을과 가까워질수록 구수한 생선 냄새가 코를 자극했다.

마을 곳곳에서 생선 훈제가 이루어지고 있었기에 그물 마을에서는 바다 냄새보다 생선구이 냄새가 더욱 짙었다.

그리고 그물 마을에는 코렌스 북부 지역 유일의 부두가 마련되어 있다.

사실 규모로 보자면 부두라는 말이 무색할 정도로 작았지만 어쨌든 작은 고깃배 50여 척을 감당할 정도는 된다.

마티엔은 바람막이산에 10년 가까이 거주했던 만큼, 그물 마을과 인연이 있었다.

그러던 중, 익숙한 그물 마을 풍경 속에서 이질적인 것이 눈에 띄었다.

'크군.'

부두에서 대략 2km 정도 떨어진 바다에 홀로 떠 있는 커다란 배가 보인다.

'저걸 어찌 만들었지?'

마티엔이 배의 크기에 놀라는 사이 일행은 그물 마을 입구에 들어섰다.

마티엔이 마을에 들어서자 사람들의 시선이 쏠렸다.

종종 얼굴을 비치던 백발의 노인이 병사들의 호위를 받으며 나타났기 때문이다.

마을 사람들이 모여들어 구경하는 사이 안내를 맡은 자경대원이 마티엔에게 말했다.

"촌장에게 알리고 오겠습니다."

마티엔이 고개를 끄덕였고 자경대원은 말을 병사들에게 맡기고서 마을 안으로 뛰어 들어갔다.

"저 할아버지, 약초 팔던 할아버지 아닌가?"

"맞는 것 같은데."

"말을 타고 왔어. 저길 봐. 병사들이 할아버지를 도와주잖아. 높은 사람이었나 봐."

"예전에 촌장이 저 할아버지한테 욕한 적이 있었잖아. 뭘 잘못했다고 하면서 약초도 빼앗았던 것 같은데."

사람들이 웅성거리는 사이 마티엔은 말에서 내려 주변을

살폈다.

'여전하군.'

1년 만에 방문하는 곳임에도 달라진 것을 찾아보긴 힘들었다.

마티엔이 기억을 더듬는 사이에 마을 안으로 뛰어 들어간 자경대원이 중년인과 함께 나타났다.

그물 마을의 촌장이다.

촌장은 병사들의 호위를 받고 있는 마티엔을 확인하고서는 몸이 얼어붙었다.

"오랜만이오."

별다른 감정이 느껴지지 않는 마티엔의 인사에 촌장은 뭐라 대꾸하지 못하고 몸을 떨었다.

"놀란 모양이구려. 어쩌다 보니 성에서 일을 하게 되었소. 그간 무슨 일이 있었는지 알려 주고 싶지만 총무관님을 대신하여 온지라 일이 먼저요. 저기로 갑시다."

마티엔은 촌장의 대답을 듣지도 않고 병사들과 함께 부두로 향했다.

"제, 제가 모시겠습니다."

허겁지겁 촌장이 따라붙었지만 마티엔은 관심 밖이었다.

부두에 도착하자 정체불명의 배가 더욱 선명하게 눈에 들어왔다.

"보고 후에 다른 움직임은 없었소?"

촌장은 마티엔의 눈치를 살피다가 재빨리 대답했다.

"물을 얻어 간 것을 제외하고는 꿈쩍도 하지 않았습니다."

마티엔은 일단 안심했다.

나쁜 의도로 찾아온 것은 아닌 모양이다.

"저들과 어찌 연락하오?"

"저들이 성에서 연락이 오면 깃발을 세우라 하였습니다."

"연락하시오. 저들과 만나 봐야겠소."

마티엔의 명령에 촌장이 직접 움직였다.

부두에 하얀 깃발이 올라가자 정체불명의 배에서 곧바로 반응을 보였다.

갑판에서 작은 배와 함께 밧줄로 만들어진 사다리가 바다로 내려왔다.

정체불명의 배에서 6명이 밧줄 사다리를 이용해 작은 배로 옮겨 탔다. 그리고 곧 작은 배가 노를 저어 부두에 도착했다.

부두에 가장 먼저 올라선 것은 뭉뚝한 코에 말총머리를 한 청년이었다.

말총머리 청년은 성큼성큼 걸음을 옮겼다.

거침없는 움직임에 병사들이 반응을 보이려 했으나 마티엔이 제지시켰다.

말총머리 청년은 마티엔과 시선을 마주치며 보폭을 줄여 조심스럽게 마티엔의 앞에 섰다.

"병사들이 어르신을 보호하고 있군요. 어르신께서 북부 코렌스의 총무관이십니까?"

마티엔은 고개를 저었다.

"난 총무관님을 대신해 나온 사람일세."

"총무관께서 직접 사람을 보내셨다면 저희와 만날 의향이 있으신 것이군요."

"그대의 의도에 따라 달라지겠지."

"선의로 찾아왔습니다."

"그렇다면 정체를 밝히게."

"저는 희망호의 선장 설리반이라 합니다. 요정의 대륙에서 왔지요. 이곳 사람들은 요정의 대륙을 버림받은 자들의 섬이라 알고 있지요."

마티엔은 깜짝 놀랐다.

인재 수집

익스는 초조한 얼굴로 집무실에서 서성이고 있었다.

'설리반이라니.'

믿기지 않았다.

그물 마을에 나타난 설리반이 그 설리반이라면 시스템이 제공한 인재(A)의 A는 등급을 뜻하는 것이 확실했다.

인재 배송을 나타내는 직사각형의 막대의 빈칸은 손톱만큼 얇아졌다.

–인재 배송 완료까지 2시간 남았습니다.

마티엔이 병사를 통해 버림받은 자들의 섬에서 온 희망호의 선장 설리반이 총무관을 만나고 싶다는 뜻을 전달해 왔다.

애초의 계획은 토비나 알베스가 총무관의 대리인으로서 나서기로 했지만 설리반이란 이름이 언급되자 익스가 나섰다.

버림받은 자들의 섬에서 찾아온 자들을 직접 만나 보기로 한 것이다.

'무조건 손에 넣어야지.'

익스는 그물 마을로 찾아온 설리반이 소설 속에 등장하는 주요 인물 중 하나라 확신하고 있었다.

작가가 포킹덤에 등장하는 인물들의 능력을 수치화시켜 표현하지는 않았지만 설리반이 A등급이라 가정한다면 주요 등장인물들 간의 능력치 밸런스가 대략적으로 맞아떨어졌기 때문이다.

"택배는 아니었네."

말도 안 되는 일을 겪고는 있지만 소설 속에 택배 회사가 존재한다는 것은 확실히 이상했다.

그래도 익스로서는 아쉬웠다.

택배 회사가 있었으면 재미있을 것 같았기 때문이다.

"택배라는 것이 무엇입니까?"

"폐하, 처음 들어 보는 단어입니다. 무슨 뜻입니까?"

알베스와 토비가 호기심 어린 눈으로 물었다.

익스는 재빨리 수습에 나섰다.

"요즘 치료사에게 마나어를 가르치는 중이야. 마나어라는 것이 쉬운 것이 아닌지라 계속 생각하고 있었더니 본의 아니게 마나어가 흘러나온 모양일세."

마나어가 언급되자 두 사람은 더 이상 낯선 언어에 대해 관심을 두지 않았다.

"폐하, 재고하심이 좋을 것 같습니다. 너무 위험합니다."

알베스의 말에 토비도 동조했다.

"처음 계획대로 소신들이 나서겠습니다. 무엇보다 버림받은 자들의 섬에서 찾아왔다면 더욱 믿을 수 없는 자들입니다."

버림받은 자들의 섬은 이종족의 영역으로 알려져 있다.

그렇다고 인간이 없는 것은 아니다.

역사적으로 보면 에소니아 제국은 사형에 준하는 형벌로 기록 말살형이 존재했다.

기록 말살형은 추방을 내포하고 있다.

기록 말살형이 결정되면 해당 인물에 대한 기록을 사소한 것까지도 완전히 지우고 작은 배에 태워 바다로 내던진다.

이로 인해 에소니아 제국의 백성들은 바다를 건너온 사람이라면 반역자 내지는 흉악범으로 규정한다.

"바다를 건너왔다고 해서 모두가 반역자는 아닐 테지."

"그들의 후손일 가능성이 매우 높습니다."

익스는 물러나지 않았다.

설리반과 만날 수 있는 기회다. 더구나 시스템이 인재를 제공한다는 것은 신하로 삼을 수 있음을 뜻할 것이다.

이곳에서 살아남기 위해서는 설리반과 같은 인재가 반드시 필요했다.

무려 A급에 해당되는 인재를 어찌 박대할 수 있겠는가.

무엇보다 설리반은 코렌스와 관련된 일에 한해서는 A급이 아니라 S급 인재와 비견될 수 있었다.

"짐은 설리반이라는 자와 만날 생각이니, 그리 알게."

익스가 딱 잘라 말하자 토비는 더 이상 이의를 달지 않았다. 대신 알베스가 중재안을 내놓았다.

"폐하, 소장이 호위토록 허락하여 주십시오."

익스는 고개를 끄덕였다.

"허락하지. 근위대장과 치료사까지 함께한다면 내무관이 걱정할 필요가 없을 것 같은데. 어떤가?"

불안감으로 인해 어두웠던 토비의 얼굴이 밝아졌다.

"그렇게 하신다면 안심할 수 있을 것 같습니다."

로인에 이어 설리반까지 등장하자 익스는 자연스럽게 케인 가문이 사국시대의 한 축을 차지할 수 있도록 만들어 주었던 인물들이 떠올랐다.

케인 가문의 것이 될 코렌스에 자리를 잡은 이상 그들의 것을 빼앗는 것은 어쩔 수 없는 선택이었다.

'아니지.'

익스는 자신이 황제임을 떠올렸다.

앞으로 등장할 인재들은 사국시대를 여는 가문의 소유가 아니라 에소니아 제국의 귀족이나 백성이다.

제국의 주인으로서 능력 있는 귀족과 백성을 등용하는 것은 황제의 당연한 권리였다.

'빼앗는 것이 아니라 지키는 거야.'

익스가 포킹덤에 등장하는 주요 인재들을 떠올리는 동안 토비는 추모비와 무덤 조성 진행 상황을 보고했다.

토비의 이야길 듣고는 있었지만 익스의 머릿속에서는 포킹덤에서 비중 있게 다루었던 인물 하나가 스쳐 지나갔다.

'모락을 데려와야 하는데.'

반드시 데려와 써먹어야 할 인물이었다.

문제는 그가 두각을 나타내는 곳이 서부 지역이 아닌 남부 지역이라는 것이다.

모락이 남부 지역에서 모습을 드러내기 전에 어디서 무엇을 했는지는 소설에서 언급된 바가 없었다.

'다른 놈들이 채 가기 전에 찾아야 해.'

익스가 모락이라는 등장인물을 떠올리는 동안에도 토비의 이야기는 계속해서 이어졌다.

"저수지 건설을 위한 인력 확보도 순조로운 상황입니다. 부지가 확정되었고 이젠 설계도만 나오면 일주일 안에 공사를 시작할 수 있을 것 같습니다."

저수지가 언급되자 익스가 반응을 보였다.

"저수지에 투입될 인력은 무조건 500 이상 확보하도록 해."

그때였다.

—인재(A) 배송이 완료되었습니다.

익스의 눈이 커졌다.

제국 곳곳에 퍼져 있는 크고 작은 황실 직할령에는 성이 하나씩 건설되어 있다.

성이라 한다면 각 영지의 중심지일 거라 여길 테지만 황실 직할령의 성은 그렇지 않았다.

황제가 항시 거주할 수 없었기에 일종의 별장 형태로 지어진 것이다.

덕분에 황실 직할령의 성들은 해당 지역의 중심지보다는 경치가 좋은 곳에 건설되었다.

별장이라 할지라도 휴식 공간만 있는 것은 아니다.

제국을 다스리는 황제가 머물 곳인 만큼 신하들과 국정을 논의할 수 있는 장소도 작게 마련되어 있었다.

나무노래성도 이러한 경우에 속했기에 국정을 논의할 장소인 중앙 홀이 마련되어 있었다.

익스는 중앙 홀 안쪽 연단에 마련된 의자에 앉아 정면을 주시했다.

마티엔과 함께 말총머리 청년이 들어섰다.

익스는 말총머리 청년이 설리반임을 어렵지 않게 짐작할 수 있었다.

설리반은 익스와 눈이 마주치자 정중히 허리를 숙였다.

"북부 코렌스의 총무관님을 만나 뵙게 되어 영광입니다."

익스는 인사를 대충 받아 넘기고 물었다.

"그대가 총무관을 보고 싶다고 했다지. 본관이 바로 북부 코렌스의 총무관이다. 무슨 일로 본관을 보고자 한 것인가?"

익스는 계획대로 황제임을 숨기고 총무관 행세를 했다.

"먼저 저를 소개하겠습니다. 요정 대륙에서 건너온 희망호의 선장 설리반이라고 합니다."

익스는 설리반의 얼굴을 주시했다.

전체적으로 평범했지만 뭉툭한 코가 인상적인 청년이다. 잘생긴 것과는 거리가 멀었지만 왠지 모를 친근감을 일으키는 매력적인 인물이었다.

설리반은 익스의 눈길을 피하지 않고 말을 이어 나갔다.

"갑작스레 찾아왔음에도 내쫓지 않으시고 이렇게 마주할 기회를 주신 것에 대해 감사의 인사를 드립니다."

설리반이란 인물을 설명하려면 반드시 두 가지를 언급해야만 한다.

그중 하나가 바로 코렌스 개발이다.

케인 가문이 코렌스 개발을 진행해 나갈 때 실무를 담당했던 인물이 바로 설리반이었다.

익스는 깊숙이 허리를 숙이는 설리반에게 물었다.

"인사는 그쯤 하고, 다시 묻도록 하지. 본관을 찾은 이유가 무엇인가?"

"총무관님의 의견을 듣고자 함입니다."

"의견을 묻고자 버림받은 자들의 섬에서 거대한 배를 타고 찾아왔단 말인가?"

"그렇습니다."

"재미있군. 고작 그걸 위해서 위험한 바다를 건너왔단 말이지? 무엇인지는 모르겠지만 물어보게. 다른 것도 아니고 의견을 묻고자 먼 곳에서 찾아온 손님을 쫓아낼 순 없는 일이니까. 본관이 무엇을 답하면 되는 것인가?"

시종일관 당당함을 유지하던 설리반이 조심스럽게 익스의 눈치를 살폈다.

"총무관님께서는 이종족을 어찌 여기십니까?"

설리반을 설명하기 위해 반드시 언급해야 할 것들 중에서 마지막 하나가 바로 이종족 유화책이다.

이종족을 언급하였다면 눈앞의 청년은 소설 속에 등장한 설리반이 확실했다.

"딱히 생각해 본 적이 없는 것 같군."

"이종족과 교류를 할 수 있다고 여기십니까?"

"가능할지는 모르겠으나 제국에 도움이 된다면 못 할 것도 없지."

"이종족에 대한 거부감이 없으신 모양이군요."

"어찌 없을 수 있을까. 단지 제국에 도움이 된다면 이종족이 아니라 더한 것도 받아들일 수 있다는 것일세."

"그렇다면 오크도 받아들일 수 있으십니까? 그들과도 교류할 수 있으신지요?"

"방금 말하지 않았나. 제국을 발전시킬 수 있다면 오크라 할지라도 얼마든지 받아들이고, 교류할 수 있다고."

"그렇다면 오크를 이곳 북부 코렌스 안으로 받아들일 수 있으신지요?"

익스는 망설이지 않고 답했다.

"답은 이전과 같아. 도움이 된다면 얼마든지."

호위를 맡고 있던 알베스가 깜짝 놀란 얼굴을 하였으나 익스는 이를 신경 쓰지 않고 말을 이었다.

"하지만 오크나 그와 같은 이종족들을 무작정 받을 수는 없는 일이지. 제국의 질서를 지키고 분란을 일으키지 않아야 받아들일 수 있다고 본다. 그렇지 않다면 이종족을 어찌 제국 안으로 들일 수 있겠는가. 무엇보다 자네가 언급한 오크는 우리와는 말이 통하지 않아. 만약 말이 통하는 오크가 있다면 받아들일 수도 있겠지. 하지만 우리와 말이 통하는 오크가 존재할 리 없겠지."

익스는 마지막 확인 작업에 들어갔다.

소설 속에서 설리반이 가장 먼저 교류를 시작한 것이 오크다.

지금의 설리반이 그 설리반이라면 특이한 오크 부족이 있다고 알릴 것이고 그들과의 교류를 주장할 것이다.

"그런 오크가 있습니다."

익스는 남몰래 힘껏 주먹을 쥐고 속으로 '나이스!'를 외쳤다.

설리반이 확실했다.

익스는 기쁨에 차올랐으나 빠르게 마음을 가라앉혔다.

지금은 기뻐할 때가 아니라 놀람을 연기해야 할 때였다.

익스는 믿을 수 없다는 표정으로 설리반에게 물었다.

"오크와 말이 통한다?"

"검은 깃털 부족이라 불리는 오크가 있습니다. 이들은 스스로를 하이오크라고 부르지요. 듣기로는 우스워 보일 수도 있으나 이는 결코 과한 것이 아닙니다. 하이오크인 검은 깃털 부족은 일반 오크와 달라 똑똑하고, 혼자서 여느 오크 열을 제압할 수 있을 만큼 힘이 셉니다. 듣기에 따라서는 호전적이라 여길 수 있으나 특이하게도 평화를 사랑합니다. 다툼이 발생한다면 서로 의견을 교환하고 되도록 무력을 사용하지 않는 방향으로 해결하지요. 또한 인간들처럼 정착하여 안정적인 삶을 영위하고 싶다는 뜻을 품고 있습니다. 생김새만 다를 뿐, 인간과 크게 다를 바가 없을 정도입니다."

소설에서 설리반은 검은 깃털 부족과 무역을 시도할 뿐만 아니라 적극적인 지원을 통해 오크 왕국을 건설토록 하였다.

그래서 케인 가문은 설리반을 앞세워 오크 왕국을 비롯해 여러 이종족과의 교류에 적극적으로 나서면서 큰 이득을 챙겼다.

"그들을 받아들인다면 우리에게 어떤 이득이 있나?"

설리반은 망설이지 않고 대답했다.

"많은 이득이 있을 것이나 그중에서 가장 큰 이득은 총무관님께서 소인을 부릴 수 있다는 것입니다."

설리반이라는 인물을 알지 못했다면 과도한 자신감 내지는 허풍이라 여길 수도 있겠으나 익스는 누구보다 설리반이란 인물에 대해서 잘 알고 있었다.

굴러들러 온 인재

소설에서 설리반이 등장하는 시점은 10년 후다.

케인 가문에서 그를 등용한 이유는 당연히 뛰어난 능력 때문이었다.

그렇지 않고서야 등용되자마자 코렌스 개발의 실무 책임자로 임명할 리가 없을 테니까.

케인 가문의 인재 라인업은 지금도 화려하지만 10년 후에는 더욱 막강해진다.

등용되자마자 쟁쟁한 인재들을 물리치고 실무 책임자로 선정되었다면 능력에는 의심의 여지가 없었다.

뛰어난 능력을 자랑한 설리반이었지만 성과가 나오기까진 5년이라는 세월이 필요했다.

'시행착오가 생기지 않도록 도와주면 시간을 단축시킬 수 있을 거야.'

어차피 15년 후에 벌어질 일이라면 노력 여하에 따라 충분히 앞당길 수 있으리라.

'핵심은 오크 왕국이지.'

코렌스 개발과 이종족 유화책을 관통하는 접점이 바로 오크 왕국이다.

오크 왕국이 안정적으로 건국되어 자리를 잡게 된다면 케인 가문이 가져갔던 거대한 부를 손에 넣게 될 것이다.

"자네의 능력이 충분하다면 얼마든지 받아 줄 수 있지. 하지만 증명이 필요할 것 같군. 오크에 대한 이야기가 나왔으니 그것에 대해서 이야기를 해 보자고. 본관은 자네 말을 들으면서 몇 가지 의문이 떠올랐어. 이에 대한 자네의 답을 듣고 싶어. 우선 자네가 말한 검은 깃털 부족이 주변의 다른 이종족들과……."

익스는 설리반이 오크 왕국 건국을 이룩해 나가는 과정에서 발생했던 문제들을 지적하기 시작했고, 이에 대한 대책과 해결책을 물었다.

이는 모두 소설 속에 자세히 나와 있었기 때문에 익스는 거침이 없었다.

"……물론 이러한 궁금증과 의문점은 그저 본관의 유추에 불과하네. 하지만 결코 허황된 것이라고는 생각되지 않아. 만약 이와 같은 문제가 발생하게 된다면 자네는 어찌 해결할 생각인가?"

설리반은 익스가 지적한 문제를 해결할 방법을 고심해 보았지만 이렇다 할 답을 찾기 어려웠다.

"잘 모르겠습니다."

"이러한 문제에 대해선 생각지도 않은 모양이군. 혹시 본관이 지적한 것들이 억측이라 여기는 것인가?"

"아닙니다."

"자네 역시 가능성이 있다고 여기는군. 스스로를 높이 평가하기에 본관이 지적한 문제에 대한 답변을 기대했는데, 아쉬워. 본관은 자네 말만 듣고서 문제점을 찾아냈지. 자네는 본관보다 이종족에 대해서 더욱 많이 접했을 것인데, 어찌 이러한 문제점을 짐작하지 못하였단 말인가?"

익스는 간접적으로 설리반의 능력에 대해 의문을 표했다.

그러자 설리반의 얼굴이 붉어지고 눈에서 불길이 치솟아올랐다.

"어떠한 현상을 보고 타당한 문제점을 지적한다는 것은 분명 높게 평가받을 수 있겠으나 해결책을 제시하지 못한다면 똑똑한 비관론자에 불과합니다."

설리반이 항변했다.

익스는 입가에 미소를 그리며 설리반에게 말했다.

"어째서 본관이 문제점을 지적만 할 거라고 여기는가. 해결책 또한 떠올랐네. 어떤가, 본관이 마련한 해결책이 무엇인지 들어 보겠는가?"

설리반은 믿을 수 없다는 눈빛으로 익스를 바라보았다.

익스는 시야의 한쪽을 채우고 있는 퀘스트 창을 바라보았다.

–469년 6월 8일 13:45

–진행 중인 퀘스트

–희생당한 자들을 위한 무덤과 추모비 건립 : 무덤 1/1, 추모비 0/1

–저수지 개발을 위한 인력 확보 : 인력 364/500

메시지 창은 잠깐 나타났다가 사라졌지만 퀘스트 창은 계속 유지되고 있었다.

왼쪽 시야의 한쪽을 차지하고 있어서 불편하게 느껴졌으나 사람은 적응의 동물이 아니던가.

시간이 지나자 익숙해졌고, 지금은 당연한 것처럼 받아들여졌다.

—북부 코렌스의 개발

—농업 9등급 (2,340/10,000)

—어업 9등급 (1,230/10,000)

—상업 10등급 (102/5,000)

—공업 10등급 (95/5,000)

퀘스트 창이 익숙해짐에 따라 익스는 남아 있던 퀘스트까지 실행시켰다.

엄밀히 말하자면 익숙함 때문이 아니라 퀘스트를 완료하면 보상이 주어진다는 사실에 실행을 감행한 것이다.

그렇다고 마냥 신나게 퀘스트를 실행시킨 것은 아니었다.

퀘스트 실행에 앞서 익스는 망설였다.

3개의 퀘스트 중 마지막까지 남아 있던 '북부 코렌스의 개발'을 실행하기 위해 지불해야 할 포인트가 무려 1,000포인트에 이르렀기 때문이다.

지불해야 할 포인트가 큰 만큼 보상도 커질 것이란 기대감도 있었지만 반대의 경우도 생각해야만 했다.

'난이도가 있겠지.'

걱정거리는 난이도에만 있는 것이 아니었다.

아직 확인되지 않았으나 실행한 퀘스트를 실패할 경우 주어질 수 있는 페널티도 문제였다.

실패로 인한 페널티가 10배 이상 높을 가능성을 배제할 수 없었다.

그럼에도 불구하고 퀘스트를 실행한 것은 북부 코렌스 개발은 어차피 해야 할 일이기 때문이었다.

'계획대로만 된다면 무난히 성공할 수 있을 거야.'

개발에 필요한 자금은 이미 확보되어 있는 상태고, 소설 속에서 코렌스 개발의 실무 책임자였던 설리반까지 반쯤 꾀어 놓았다.

코렌스의 인구가 부족하긴 하지만 문제 될 것은 없었다.

해결책이 있었기 때문이다.

'뭣하면 금이라도 캐면 되니까.'

북부 코렌스 개발의 퀘스트 목표는 시스템이 제공하는 코렌스 내정을 분야별로 1등급씩 상승시키는 것이다.

'아직 해결해야 할 것이 남았지.'

익스는 나무노래성 탑에 올라 시야를 가득 채운 수레를 바라보았다.

마음 같아서는 성문 앞으로 뛰쳐나가 수레 사이를 누비며 안에 실려 있는 물건을 확인해 보고 싶었지만 황제씩이나 되어 어찌 그럴 수 있겠는가.

더구나 황제가 코렌스에 있다는 것은 최대한 숨겨야 했다.

익스의 시선은 수레를 지나쳐 성문으로 다가오는 마차로 옮겨졌다.

'정말 데려올 줄은 몰랐네.'

로인에게 기대를 걸었던 것은 사실이다.

설리반과 비교해도 부족하지 않을 인재였으니까.

설리반이 내정에 치우쳐 있다면, 로인은 무력을 제외한 모든 능력을 고루 갖추고 있는 만능형 인재였으니까.

데로트 가문의 허락 없이 저리 많은 물자를 가져올 수는 없었다.

현재 코렌스 지방을 제외한 제국의 서부 지역은 데로트 가문의 손아귀 안에 놓여 있으니까.

익스가 마차를 주목하는 것은 데로트 가문의 주요 인사가 찾아왔음을 뜻하기 때문이다.

'타밀이겠지.'

마차에 몸을 숨기고 올 정도면 도린의 최측근이라는 뜻이다. 그리고 로인에게도 이왕 데려올 것이라면 타밀을 데려와야 한다고 당부했었다.

마차 안에 누가 앉아 있을지는 모르겠으나 로인이라면 무슨 수를 써서라도 타밀을 데려왔으리라.

"내려가지."

로인을 만나서 자세한 이야기를 들어 봐야 했다.

나무노래성은 이전과 많이 달라졌다.

황제의 별장이라고는 하지만 황실이 힘을 잃게 되면서 버려지다시피 했던 곳이다.

총무관의 관저로 사용될 뿐 이렇다 할 용처가 없었기에, 황제가 사용하기에는 부족한 것이 많았다.

허수아비 황제라 할지라도 명색이 황제다.

어지간한 귀족들보다 호화로운 삶을 누릴 수 있었다.

복도에 꽃병이 놓이고 고급스러운 천으로 만들어진 커튼으로 창가를 장식했다.

꽃과 커튼뿐이었지만 성에 온기를 불어넣었다.

온기로 채워진 복도를 지나 집무실에 도착한 익스는 오래지 않아 로인과 마주할 수 있었다.

"고생 많았네."

"제국과 폐하를 위한 일이 어찌 고생이라 할 수 있겠습니까."

제국이 온전할 때라면 로인의 말이 맞다.

황제의 명을 받아 외부 활동을 한다면 그 위세가 대단할 것이기 때문이다.

그러나 허수아비를 넘어 폐황제의 명이라면 이야기가 다르다.

"먼 길을 다녀오는 것이 어디 쉬운 일인가. 일은 어떻게 됐나? 탑에서 보았더니 수레가 가득하던데."

"폐하께서 말씀하신 것처럼 거래 품목에서 말을 제외하자 모든 거래가 순조롭게 이루어졌습니다. 다만 양 가격이 상승해 예상보다는 수가 적습니다."

로인의 말은 계속 이어졌다.

"그래도 소값은 안정적이라 예상보다 많이 구입할 수 있었습니다. 옷감과 농기구도 충분히 확보하였고, 식량도 만족스러운 가격에 구입했습니다. 각 물품의 구입 가격과 수량은 보고서에 상세히 기록해 두었으니 확인해 보시지요."

로인의 보고서는 알베스를 거쳐 익스의 손안으로 들어왔다.

상행 출발 직전에 이루어진 독대에서 나왔던 모든 품목이 하나도 빠지지 않고 있었다.

말을 구해 왔으면 좋았겠지만 상황이 여의치 않았다.

말은 단순한 이동 수단이 아니었기 때문이다.

그래도 실망하기에는 일렀다.

말을 제외하고는 원하는 것을 충분히 얻어 왔으니까.

익스의 입가에 미소가 그려졌다.

"내무관이 보면 좋아하겠어."

"그렇지 않아도 직접 확인하겠다고 팔을 걷어붙이고 나섰습니다. 수레에서 눈을 떼지 못하시더군요."

"혼자서는 힘들 텐데?"

수레가 족히 백 대는 될 것이다.

큼지막한 수레에 담겨 있는 것들을 모두 확인한다는 것은 결코 쉬운 일이 아니었다.

토비의 성격이라면 모든 물품을 보고서와 대조해 볼 것이 분명했다.

익스의 걱정은 곁에 있던 알베스가 해소시켜 주었다.

"치료사가 내무관을 돕고 있습니다."

마티엔이 나섰다면 걱정할 필요가 없었다.

마법사가 배척을 받아 그렇지, 그들은 당대의 지식인이라 칭해도 부족함이 없었다.

'이러나저러나 붙어 다니는군.'

마법사라는 이유로 토비는 마티엔에 대한 경계심을 쉽게 누그러트리지 않았다.

능력은 인정하겠으나 아직 전적으로 신뢰할 단계는 아니라는 것이 토비의 입장이었다.

이를 감안한다면 토비와 마티엔이 서로 데면데면할 거라 여길 수 있지만 그렇진 않았다.

약초와 치료술에 대한 지식을 교환함은 물론이고, 최근 들어서는 코렌스 개발계획을 함께 진행해 나가는 중이었다.

"둘이서 하고 있다면 알아서 잘하겠지."

구입한 목록을 읽어 내려가던 익스의 눈이 살짝 일그러졌다.

"그런데 목록에 적힌 대로라면 동화가 부족할 것 같군."

"확보하였으나 만족할 만큼은 아닙니다. 다만 정기적으로 거래가 이루어진다면 얼마든지 확보할 수 있도록 각 상단에 연락을 해 두었기에 시간이 지나면 폐하께서 염두에 두신 만큼 확보가 가능할 것 같습니다."

"일당 지급은 일단 현물로 대체해야겠군."

"송구하옵니다."

"송구하긴. 그런 표정을 지을 필요는 없어. 화폐를 갑자기 끌어모은다는 것이 쉬운 일이 아니라는 것은 알고 있으니까. 더구나 자네 말대로라면 시간이 지나면 자연스럽게 해결될 문제가 아닌가. 그것보다 마차가 동행했더군. 감찰부장이 온 것인가?"

"그렇습니다."

"사군 사령관이 용케 허락을 했군."

익스가 말한 사군 사령관은 데로트 가문의 첫째인 도린이었고, 감찰부장은 타밀이었다.

"사군 사령관에게 폐하의 뜻을 전달하였더니 크게 기뻐하며 도움을 아끼지 않았습니다. 다만 감찰부장이 온 것은 그가 자청하였기에 가능한 일이었습니다."

익스는 과정이 어떻든 간에 감찰부장 타밀이 왔다는 사실에 크게 고무되었다.

황실 존속파의 수장이라 할 수 있는 타밀이라면 이야기가 통할 수밖에 없으니 말이다.

"좋군. 자네가 정말 큰일을 해 주었어. 정말 고생 많았네."

기쁨을 감추지 못하는 익스에게 로인이 다시 한번 희소식을 전달했다.

"이번에 거래한 상인들 중에서 신뢰할 수 있는 자를 찾아

데려왔습니다."

익스는 로인이 상행을 출발하기에 앞서 독대를 통하여 몇 가지 일을 당부하였다.

감찰부장 타밀을 데려오는 일과 믿을 만한 상단을 찾으라는 것이었다.

"상인의 이름이 무엇인가?"

"셀비라고 합니다."

로인의 대답에 익스의 심장이 요동쳤다.

'설리반에 이어 셀비라니!'

호박이 넝쿨째 굴러들어 온 것이나 다름이 없었다.

그때였다.

메시지 창이 나타났다.

–새로운 퀘스트가 생성되었습니다. 퀘스트 목록을 확인하십시오.

타밀

설리반의 눈은 잔잔히 일렁이는 바다에 머물러 있었다.

바다는 수면 위로 보석을 뿌려 놓은 것처럼 번쩍거렸다.

이를 본 것이 시인이었다면 곧바로 아름다운 시를 내뱉었을 것이고, 화가였다면 그림으로 남기고자 했을 것이다.

그만큼 누구든 탄성을 자아내는 아름다운 풍경이 이어졌으나 설리반은 별다른 반응을 보이지 않았다.

그때 갑판에 두 팔을 걸치고 있는 설리반 곁으로 인간이 아닌 존재가 다가왔다.

검은 깃털 부족이라 불리는 오크의 족장인 늑대송곳니였다.

일반적으로 오크라고 하면 흉측하고, 광기에 휩싸인 괴물일 거라 생각하겠지만 늑대송곳니는 여느 오크와 달랐다.
오크의 송곳니는 돌출되어 길게 자라나는 것이 일반적이나 늑대송곳니의 이빨은 인간과 같이 가지런했다.
눈빛도 인상적이었다.
그의 눈빛에서는 오크 특유의 광기를 찾아볼 수 없었다.
늑대송곳니의 눈은 맑게 빛났다.
"근 열흘을 갑판 아래서 꼼짝도 못 했더니 온몸이 쑤시네."
오크의 입에서 유창한 제국어가 흘러나왔음에도 설리반은 놀라지 않고 익숙한 듯 대답했다.
"며칠 갇혀 있었다고 유난 떠는 거냐?"
"갑판 아래에서 꼼짝도 못 하는 게 얼마나 힘든데."
"고집을 부린 건 너야. 내가 오지 말라고 했었잖아."
늑대송곳니는 헛기침을 내뱉고는 화제를 바꿨다.
"그것보다 거기서 무슨 일이 있었기에 아직까지도 넋이 나간 거냐?"
설리반이 쓴웃음을 지으며 말했다.
"내가 자만에 빠져 있었어."
"무슨 소리야?"
"세상에는 뛰어난 사람이 많은가 봐. 내가 최고라고 생각지는 않았지만 그에 근접해 있다고 여겼거든."
늑대송곳니는 설리반의 자책을 이해할 수 없었다.
그는 눈앞에 있는 인간이 얼마나 뛰어난지 잘 알고 있었고,

10년이라는 시간 동안 함께해 왔다.

어려움이 있을 때마다 그는 설리반에게 해결책을 물었고, 설리반은 고민하지 않고 답을 내주어 수많은 어려움을 극복할 수 있었다.

검은 깃털 부족이 지금의 세력을 구축하게 된 것은 설리반의 조언이 있었기에 가능한 일이었다.

명석함, 뛰어남, 천재라는 단어와 가장 잘 어울리는 존재가 바로 설리반이었다.

"무슨 말인지 모르겠어. 자세히 말해 봐."

설리반이 크게 한숨을 내뱉으며 말했다.

"아무래도 우리 계획은 잠시 미루어야 할 것 같아."

늑대송곳니가 눈을 찌푸렸다.

다른 대륙의 인간을 만나는 과정에서 문제가 발생한 모양이었다.

인간과 이종족은 과거에 치열하게 대립했었다.

늑대송곳니도 설리반이 속한 인간 부족과 교류할 때 신중에 신중을 기하지 않았던가.

지금에 와서는 현명한 선택이었음을 깨달았지만 초창기엔 경계심이 가득했다.

"애초에 어려울 거라고 생각했잖아. 천천히 가자고. 시간은 얼마든지 있으니까."

"코렌스의 현 책임자는 오크와의 교류에 동의했어. 말이 통하는 상대라면 굳이 적대시할 필요가 없고, 서로에게 이득이 있다면 오크뿐만 아니라 누구라도 받아들일 수 있다고도 했지."

늑대송곳니가 믿을 수 없다는 표정으로 물었다.

"그게 정말인가?"

"사실이야."

"호, 신기하군. 너 같은 인간이 또 있다니."

기뻐하던 늑대송곳니는 자괴감에 빠져 있는 설리반을 더욱 이해하기 힘들어졌다.

"책임자가 교류를 원했다면 기쁜 소식일 텐데, 어째서 그리 낙담하고 있는 거냐?"

설리반이 쓴웃음을 짓는다.

"우리가 준비했던 계획에 문제가 있었어. 코렌스 책임자는 그 문제점을 정확히 찾아냈고, 그것을 해결해야만 교류를 할 수 있다고 말했지."

늑대송곳니는 곰곰이 생각해 보았지만 자신들의 계획에 무슨 문제가 있는지 알 수가 없었다.

"뭐가 문제라는 거야?"

"코렌스와 교류가 이루어짐으로 인해 생길 수 있는 주변의 변화에 관심을 두지 않은 거지. 우린 지금까지 우리 좋을 대로만 상황을 해석한 거야."

설리반은 잠시 말을 멈추고 생각을 가다듬었다. 그러고는 코렌스의 젊은 책임자가 말했던 문제를 꺼내 놓았다.

"만약에 말이야, 피바람 부족과 해골 도끼 부족이 서리 사신 부족과 연합해 우릴 공격하면 어찌 될까?"

늑대송곳니가 부정했다.

"그건 불가능해."

"뭐가 불가능하다는 거야?"

"아무리 그래도 아닌 건 아니야. 파비람 부족과 해골 도끼 부족은 같은 오크라 가능성이 없는 것은 아니지만, 서리 사신 부족은 고블린이야. 오크와 고블린이 손을 잡는다고? 그건 있을 수 없는 일이야."

"우리가 서로 교류하고 힘을 합치는 건 있을 수 있는 일인가?"

"음……."

"고블린들이라면 우리가 다른 대륙의 인간들과 교류를 통하여 세력을 넓히려고 한다는 것을 알아차리겠지. 분명 위기의식을 느낄 것이고 뭐가 되었든 수를 낼 거야. 그것이 오크와 고블린의 결합일 수도 있어."

얼굴에 한순간 당혹감이 드리워졌지만 늑대송곳니는 이내 용맹하게 소리쳤다.

"우린 그런 것에 굴복할 정도로 나약하지 않아! 다소 피해를 입을 것이지만 결국엔 이겨 낼 거다!"

용맹스러운 늑대송곳니의 외침에도 설리반의 얼굴은 펴지

지 않았다.

"이길 순 있겠지. 하지만 말이야, 적들이 인접한 노움과 호빗 마을을 약탈하고 우리들의 영역으로 도망친다면 노움과 호빗이 어떻게 생각할까?"

평소라면 문제없을 것이나 앞서 말한 적들의 공격을 받는 중이라면 어려운 지경에 놓여 버린다.

영악한 고블린과 잔인하고 저돌적인 오크가 손을 잡는다면 그 세력은 무시무시해질 수밖에 없다.

사방에서 적이 공격하는 것을 상상하자 늑대송곳니는 등골이 서늘해지는 것을 느꼈다.

"심각하군."

"맞아. 다른 대륙의 인간들과 교류해 우리가 세력을 넓혀 나간다면 주변에도 영향을 미치게 되어 있어. 예측 가능한 것도 있겠지만 예측 불가능한 일도 충분히 발생하겠지. 이에 대한 대책을 마련해야 해."

늑대송곳니는 무엇인가를 떠올리고 말했다.

"아까 분명히 말했지, 코렌스의 책임자가 문제를 지적했다고."

"맞아. 나로서는 생각지도 못한 문제를 찾아낸 것이지."

"들어 보니 그자도 자네만큼이나 똑똑한 것 같은데. 문제점에 대한 해결책도 알려 주었을 것 같은데, 아닌가?"

늑대송곳니는 설리반이라는 천재를 곁에서 오랫동안 겪어

보았기에 천재들의 행동 유형을 파악하고 있었다.

천재라는 족속들은 대개 문제점을 지적하는 것에 그치지 않고 나름대로 답을 찾아 놓는다.

예전에 어려움이 있을 때마다 망설임 없이 해결책을 제시하는 설리반에게 비결을 물은 적이 있었다.

설리반은 다양한 경우를 예측하고 그에 대한 해결책을 미리 생각해 놓는다고 했다.

만약 해결책이 생각나지 않는다면 문제가 무엇인지 입 밖으로 내지 않는다고 하였다.

일종의 완벽주의였다.

"답을 주긴 했지."

"역시. 그렇다면 그자가 말한 대로 하면 되겠군. 답이 뭔가?"

"허무할 정도로 간단하지."

"이렇게 어려운 문제를 해결할 방법이 허무할 정도로 간단하다고?"

"해결책이 간단한 것이 아니라 간단하게 말했다는 거야."

"뭐라고 했는데?"

"4각 동맹."

늑대송곳니는 그게 무슨 소리냐는 눈빛으로 설리반을 바라보았다.

퀘스트 목록에 새롭게 추가된 퀘스트는 이전과 같이 3개였다.

3개의 퀘스트는 다음과 같았다.

―나무노래성을 찾은 인재 등용 : S포인트 200

―사군 사령관 도린 데로트의 대리인 설득 : S포인트 200

―요정 대륙 이종족 설득 : S포인트 400

시스템이 제공하는 것은 제목뿐이었지만 익스는 퀘스트 내용과 목표가 무엇인지 쉽게 유추해 낼 수 있었다.

그럼에도 불구하고 익스는 퀘스트를 실행시키지 않았다.

'상황을 만들어 놓고 실행하면 무조건 성공이지.'

익스는 집무실 안으로 들어서는 회색 단발머리의 중년인을 바라보았다.

감찰부장 타밀.

데로트 가문의 가주이자 제국의 재상인 데넥에게 등용되자마자 그 능력을 인정받아 감찰부장이라는 고위직에 임명된 자로, 현재는 데넥의 첫째 아들인 도린을 섬기고 있다.

퀘스트 목록에서 두 번째 줄을 차지하고 있는 '사군 사령관 도린 데로트의 대리인'은 타밀을 말하는 것이 분명했다.

'설득하는 거야 뻔하지.'

타밀은 오른쪽 무릎을 꿇고 고개를 숙였다.

"감찰부장 타밀이 폐하께 인사 올립니다."

"오랜만이군."

"폐하께서 찾으신다는 소식을 전달받았습니다. 빠르게 찾아뵙지 못해 송구하옵니다."

타밀은 대표적인 황실 존속파로, 제국의 틀 안에서 개혁을 이루고 혼란을 종식시켜야 한다는 뜻을 지니고 있었다.

여기서 착각하지 말아야 할 것은 그가 황권을 인정하지는 않는다는 점이다.

타밀의 주장을 간략하게 요약하자면 다음과 같았다.

행정부의 수장인 재상과 군부의 수장인 사군 사령관이 제국을 통치하고, 황제는 상징적인 존재로서 남아야 한다는 것이다.

어찌 되었든 한 가지 확실한 것은 타밀이 황제를 황제로서 인정해 주고 있다는 것이다.

이를 증명이라도 하듯이 타밀은 황실 예법에 따라 주었다.

만약 타밀이 아닌 다른 자가 도린의 대리인으로 왔다면 고개를 숙이거나 허리를 굽히는 정도로 그쳤을 것이다.

"감찰부장이 바쁜 것은 잘 알고 있네. 그만 일어나게. 그것보다 사군 사령관과 황도 수비대장 사이는 진전이 있는가?"

사군 사령관은 도린을, 황도 수비대장은 데넥의 둘째 아들인 토텔을 말하는 것이었다.

타밀은 몸을 일으키긴 하였으나 고개를 숙인 채 대답했다.

"이전보다 더욱 나빠졌습니다."

"안타깝군. 서로 간의 반목은 결국 반역자들에게 이득이 되는 것인데."

"폐하께서 말씀하신 것처럼 안타까운 일이기에 사군 사령관께서도 조속히 마무리 지을 수 있도록 노력하시는 중입니다."

"맞는 말이야. 사군 사령관이 힘을 내 주어야 반역자들도 토벌할 수 있을 테니까."

"그 말씀은 폐하께서 도린 님을 지지한다는 뜻인지요?"

"코렌스 총무관에게 들은 것이 있을 텐데."

"소신은 폐하께서 코렌스로 들어서실 적에 암살자들의 공격을 받았고, 그 과정에서 대공 전하와 공작 각하께서 돌아가셨다는 소식을 전달받고서 급히 찾아뵌 것입니다."

익스가 씁쓸하게 말했다..

"두 사람은 물론이고 근위 기사들이 짐 하나를 살리고자 모두 희생되었지. 그들에 대한 추모는 이미 끝났네."

"소신들이 부주의했습니다. 호위 병력……."

익스는 고개를 저으며 타밀의 말을 잘랐다.

"그 이야기는 그만하세. 그것보다 짐이 굳이 자네를 부른 이유가 궁금하지 않은가?"

"이유라 하시면……."

“짐은 사군 사령관이 하루빨리 데로트 가문의 반목을 종식시키길 원하네.”

고개를 숙이고 있던 타밀이 고개를 들었다.

“폐하?”

그러나 익스와 눈이 마주치자 황급히 고개를 숙였다.

“이대로 반역자들을 지켜보고만 있을 수는 없네. 그들이 세운 황제는 황실의 핏줄인지도 의심스러운 자야. 짐은 그것을 더 이상 용납하지 못하겠네. 마음 같아서는 짐이 직접 반역자들을 처단하고 싶지만 이는 불가능한 일이 아닌가.”

“지금 그 말씀은?”

타밀이 고개를 숙이고 있어 표정을 읽을 수 없었으나 목소리에 변화가 있음을 알아차린 익스였다.

“짐은 데넥의 후계자로 사군 사령관을 지목할 생각이야. 뿐만 아니라 재상으로 임명하고자 하네.”

타밀이 바닥에 납작 엎드렸다.

“황은이 망극하옵니다. 폐하께서 도린 님을 지지해 주신다면 데로트 가문의 반목은 빠르게 정리될 것입니다.”

“하지만 짐이 그냥 도와줄 수는 없어.”

“당연한 일입니다.”

타밀의 망설임 없는 대답에 익스는 곧바로 두 번째 퀘스트인 ‘사군 사령관 도린 데로트의 대리인 설득’을 실행시켰다.

셀비 삼형제를 얻다

—사군 사령관 도린 데로트의 대리인 설득을 실행합니다.

—사군 사령관 도린 데로트의 대리인 감찰부장 타밀을 설득하여 코렌스에 대한 권리를 획득하십시오.

—타밀 설득 : 0/1

—S포인트 200 차감.

—보유 S포인트 : 1,600

익스는 타밀의 반응을 보고서 확신을 얻었다.

"자네와는 말이 통할 것이라 생각했지. 무엇보다 자넨 황실 존속파의 대표가 아닌가."

황실 존속파라는 말은 호사가들의 입에서 나온 말이다.

말이 좋아 황실 존속파지, 사실상 허수아비 황제를 세워 놓고서 대리인을 통해 제국을 통치하자는 게 그들의 주장이다.

"말 만들기 좋아하는 자들의 허튼소리에 불과합니다. 어찌 망극한 말씀을 하십니까. 소신은 그저 혼란스러운 제국을 빠르게 안정시킬 방법을 제시하였을 뿐입니다."

"자네를 탓할 생각은 없네. 어찌 되었든 자네는 제국을 지키고자 했던 것이 아닌가. 냉정하게 상황을 고려해 보자면 자네의 의견이 가장 현실적이지. 그래서 그 의견을 적극적으로 받아들이고자 하네."

타밀은 깜짝 놀라 엎드린 상태에서 고개를 들어 익스를 바라보았다.

"맞아. 짐은 자네가 제시하였던 총독 자리를 신설할 생각이네. 하지만 당장은 어려운 일이지. 우선 사군 사령관이자 차기 재상이 반역자들을 물리쳐야 하네. 그들을 토벌한다면 짐은 사군 사령관이자 차기 재상을 총독으로 임명할 것이야. 대신 자네들은 짐이 코렌스에 자리 잡을 수 있도록 적극적으로 도와주게."

익스는 타밀과 눈을 마주치며 말을 계속 이어 나갔다.

"짐은 이곳 코렌스에 자리를 잡고 황실을 이어 나갈 것이야. 그리고 여건이 갖추어진다면 새로운 황도를 건설할 생각이라네."

익스는 타밀의 눈동자가 크게 흔들리다가 희열에 차오르는 것을 확인했다.

“지금 그 말씀은 코렌스 이외의 지역에 대해서는…….”

“자네가 주장한 것처럼 총독이 다스리게 되는 것이지. 대신 총독이라 할지라도 제국의 신하임을 잊지 말아야 하네.”

타밀은 이마를 땅에 붙이고 소리쳤다.

“폐하의 결단으로 제국의 혼란은 빠르게 종식될 것입니다!”

“그리고 코렌스는 확실히 짐의 것이 되어야 하네.”

“제국의 영토는 모두 폐하의 것입니다. 어찌 그런 말씀을 하십니까.”

“스스로 지켜 내지 못하는 것을 손에 쥐고 있어 봐야 화만 불러들이는 꼴이지. 자네도 알다시피 지금으로서는 짐 스스로 코렌스를 지켜 낼 수가 없어. 짐이 원하는 것은 사군 사령관이자 재상이 코렌스를 방어해 주는 것일세. 짐 스스로 코렌스를 지켜 낼 수 있게 될 때까지 말이야.”

“제국의 신하로서 제국과 폐하를 보호하는 것은 너무나도 당연한 의무입니다.”

–사군 사령관 도린 데로트의 대리인인 감찰부장 타밀 설득을 완료하였습니다.

–소금 45 획득.

–C포인트 10 획득.

—연계 퀘스트가 활성화됩니다.

—연계 퀘스트를 실행하기 위해서는 S포인트 100이 필요합니다.

—연계 퀘스트를 실행하시겠습니까?

—연계 퀘스트를 실행합니다.

—도린 데로트의 치명적인 실책을 막으십시오.

—S포인트 100 차감.

—보유 S포인트 : 1,500

익스는 퀘스트 완료에 흐뭇하게 미소를 지었다.

퀘스트를 완료했다는 기쁨보다 꼼수가 통한다는 것에 만족한 것이다.

퀘스트 실행에 대한 제약은 없었다.

이번처럼 퀘스트 내용을 유추하여 성공 직전에 퀘스트를 실행시킨다면 실패의 부담을 덜 수 있을 것이 아닌가.

연계 퀘스트의 경우, 강제로 실행되는 것이기에 어쩔 수 없었지만 새롭게 추가될 퀘스트는 어느 정도 선별이 가능했다.

퀘스트 실패에 따른 페널티가 없을 가능성도 있지만 그걸 확인하고자 굳이 퀘스트를 실패할 수는 없는 일이었다.

'그것보다 지금 상황에서 도린이 저지를 실책이라면 그것뿐인데.'

현시점에서 도린의 실책을 막기 위해서는 타밀을 이용해야 했지만 어떻게 말을 꺼낼지 고민이었다.

'여자 문제에는 끼어들고 싶지 않은데.'

난감한 표정을 지으면서 익스는 남아 있는 퀘스트를 모두 실행시켰다.

셀비는 숨을 길게 내뱉으며 긴장감을 덜어 냈다.

"고생 많으셨습니다."

셀비는 친근한 목소리에 고개를 돌렸다.

가죽 갑옷으로 무장한 건장한 체구의 청년 둘이 다가왔다.

두 청년의 외형은 다음과 같았다.

왼쪽에 자리한 청년은 네모난 얼굴에 넓은 어깨를 지니고 있었지만 작은 눈과 작은 입 때문에 상대적으로 얼굴이 커 보였다.

오른쪽 청년은 가죽 갑옷을 입고 있음에도 근육질의 체구가 느껴질 만큼 강인한 인상을 풍겨 냈다.

외모도 뛰어났지만 근육으로 만들어진 거대한 체구로 인해 부각되지 않았다.

셀비는 두 청년, 그러니까 데이카와 록셀의 등장에 절로 미소가 그려졌다.

2년 전 그는 상행을 위해 용병을 모집했었는데, 그때 그들과 인연을 맺어 지금까지 함께하고 있었다.

그들은 용병이긴 했지만 실력은 용병의 그것이 아니었다.
웬만한 기사는 손쉽게 제압해 버릴 정도로 뛰어난 무력을 지니고 있었다.
그리고 셀비를 더욱 흡족하게 한 것은 실력뿐만 아니라 훌륭한 인성까지 갖추고 있다는 사실이었다.
셀비는 이러한 데이카와 록셀을 아꼈고, 인연이 두터워져 이젠 형제처럼 지내고 있었다.
셀비는 데이카의 말에 답했다.
"까다로운 손님이야."
"나중에 딴소리하는 작자들보다는 낫지 않습니까."
"그렇긴 해도 힘들다는 사실은 변함없지."
"그 까다롭다는 사람이 비쩍 마른 중년인 맞습니까?"
셀비가 데이카와 눈을 마주쳤다.
"토비라는 사람과 무슨 문제라도 있었나?"
"그분의 이름이 토비였군요. 그분이 장부 점검을 마치고서 책 수레를 찾아왔습니다. 그러고는 곧바로 책을 분류해 내더군요."
셀비는 깜짝 놀랐다.
이번에 가져온 책은 권수가 많을 뿐만 아니라 수준까지 높았다. 어지간한 지식인이라 할지라도 알지 못할 책들이 제법 있었다.
책 제목만 보고서 분류할 정도라면 어지간한 지식인 수준이 아니라 제국에서도 손에 꼽히는 지식인임을 의미했다.
"그게 정말인가?"
"처음에는 아무렇게나 하는 줄 알고 도와줄 생각으로 살펴보았습니다. 그런데 손댈 것이 없었습니다. 저야 형님에게 미리 언질을 받아서 외워 두었지만 토비라는 분은 아니지 않습니까."
셀비가 치가 떨릴 정도로 깐깐했던 토비를 떠올릴 때였다.
무장한 병사들이 몰려와 셀비 일행을 둘러쌌다.
데이카와 록셀은 갑작스러운 상황에 놀라긴 했으나 재빨리 셀비 곁으로 몸을 밀착시켰다.
셀비도 놀라긴 마찬가지였지만 병사들이 무장을 하고는 있지만 무기를 들지 않았다는 것을 확인했다.
"진정하게. 저들은 빈손이야."
셀비의 말에 데이카와 록셀은 무기에서 손을 떼긴 했지만 경계심까지 놓지는 않았다.
데이카와 록셀을 살짝 밀어낸 셀비가 한 발자국 앞으로 나서며 말했다.
"무슨 일이십니까?"
무장한 병사들 사이에서 로인이 모습을 드러냈다.
로인은 셀비를 향해 정중히 고개를 숙였다.
"이렇게 찾아뵙게 되어 대단히 죄송합니다."
셀비는 눈짓으로 병사들을 가리키며 로인에게 말했다.

"요란하게 찾아오시는군요."

"죄송합니다. 보안 문제로 인해 어쩔 수 없이 병사들을 대동한 것입니다."

"알겠습니다. 그렇다면 찾아오신 연유라도 알려 주시지요."

"고귀한 분께서 여러분들을 만나고자 하십니다."

셀비가 질문을 던지려고 했으나 로인이 고개를 저었다.

"죄송하다는 말을 다시 해야 할 것 같군요. 저도 상세히 설명을 드리고 싶지만 그럴 수가 없는 처지입니다. 무엇보다 고귀한 분께서 명령을 내리셨기에 여러분들은 거부할 수 없습니다."

"우리의 의사는 중요치 않다는 것입니까?"

"그렇습니다."

셀비가 혀를 찼다.

"이것 참."

"저로서도 답답하지만 어쩔 수 없는 일입니다. 그렇지만 분명히 말씀드릴 수 있습니다. 결코 해가 되는 일은 아닙니다."

셀비는 고민하다가 답했다.

"좋습니다. 총무관께서 남을 속이실 분이 아니라는 것은 알고 있으니 일단 따르도록 하지요."

셀비의 허락이 떨어지자 로인은 데이카와 록셀에게 말했다.

"두 분께서는 무장을 풀어 주셔야 합니다."

데이카와 록셀은 셀비를 바라보았고, 그가 고개를 끄덕이자 가죽 갑옷과 무기를 병사들에게 넘겼다.

"안내해 드리겠습니다."

셀비 일행은 병사들의 감시 내지는 호위를 받으며 나무노래성 안으로 들어섰다.

성안으로 들어선 셀비는 로인이 언급했던 고귀한 분의 정체가 무엇인지 더욱 궁금해졌다.

숫자는 많지 않았지만 성을 관리하는 시녀들의 외모가 범상치 않았던 탓이다.

단순히 외모가 특별한 자들은 코렌스와 같은 변방이라 할지라도 얼마든지 존재하겠으나, 나무노래성의 시녀들은 아름다울 뿐만 아니라 세련됨을 지니고 있었다.

놀라움은 여기서 그치지 않았다.

시녀임에도 그들의 행동 하나하나에서는 기품이 느껴졌다.

이는 시녀들이 상당한 교육을 받았음을 뜻했다.

셀비가 정신없이 성을 살피는 동안 앞장섰던 로인이 걸음을 멈췄다.

"도착했습니다."

고귀한 분을 만난다기에 화려하고 거대한 공간을 기대했건만 셀비의 눈에 들어온 것은 지극히 평범한, 어디에서나 볼 수 있는 나무 문이었다.

크지도 않았고 화려하지도 않았다.

다만 나무 문을 등지고 있는 중년 기사가 눈길을 끌었다.

록셀과 비교해 보자면 키는 조금 작았으나 체구는 거의 비슷했다.

하지만 몸에서 풍겨 나오는 기세만으로도 중년인이 얼마나 뛰어난 기사인지 알 수 있었다.

셀비의 시선을 사로잡은 중년 기사의 정체는 알베스였다.

"저들인가?"

로인이 알베스에게 정중히 대답했다.

"그렇습니다."

"확실히 괜찮아 보이는군. 나중에 확인해 봐야겠어."

"조만간 자리를 마련하도록 하겠습니다."

"들어가세. 기다리신 지 오래야."

셀비는 믿을 수 없다는 눈빛으로 로인과 알베스를 바라보았다.

코렌스 총무관이라면 코렌스에서 사실상 가장 높은 위치에 있다.

황제 대리인이 바로 총무관이다.

그런 총무관이 누군가에게 고개를 숙인다는 것은 적어도 담당 지역 내에서는 있을 수 없는 일이었다.

셀비가 놀라는 사이, 로인과 알베스가 문을 열고 걸음을 옮겼다.

셀비 일행은 뒤따를 수밖에 없었다.

투박해 보이는 가구가 자리 잡은 공간이 넓긴 했으나 귀족의 성에서 볼 수 있는 화려함과는 거리가 멀었다.

공간을 채우고 있는 책상, 의자, 책장, 그리고 그것들을 가득 채우고 있는 종이 뭉치들로 보자면 이곳은 집무실이었다.

집무실 중앙에 놓인 책상을 차지하고 있는 사람이 셀비의 눈에 들어왔다.

왜소해 보이는 체구의 청년.

십 대 후반이나 이십 대 초반으로 보이는 앳된 얼굴의 청년이었다.

비쩍 마른 체구로 인하여 유약해 보일 수도 있겠지만 별처럼 반짝이는 눈을 보면 다른 평가를 내릴 수밖에 없었다.

셀비는 로인이 언급한 고귀한 분이 바로 책상 앞에 앉아 있는 청년임을 알아차렸다.

"폐하께 예를 갖추시게."

셀비는 물론이고 곁에 있던 데이카와 록셀이 어리둥절한 표정으로 알베스를 바라보았다.

"뭐 하는 것인가. 폐하께서 기다리고 계시네. 어서 예를 갖추게!"

알베스의 호통에 셀비 일행은 엉겁결에 바닥에 납작 엎드려 절을 올렸다.

폐하라는 단어가 황제를 지칭한다는 것은 셀비와 같은 지식인이 아니더라도 알 수 있는 사실이다.

셀비 일행은 어떤 사정인지는 모르겠으나 책상 앞에 앉아 있는 청년이 황제임을 알아차렸다.

황제와 만난다. 그것도 이렇게 가까운 거리에서 마주한다는 것은 평민들에게 있을 수 없는 일이었다.

그런데 그 있을 수 없는 일이 벌어졌다.

놀라운 일은 여기서 그치지 않았다.

바닥에 엎드려 있던 셀비 일행을 황제가 직접 일으켜 세운 것이다.

황제가 무어라 말했다.

셀비 일행은 귀신에게 홀린 것처럼 고개를 끄덕이고 '알겠습니다. 알겠습니다.'라고 답했다.

황제는 밝게 웃으며 셀비 일행과 악수를 나누고서는 집무실을 빠져나갔다.

"결국 함께하게 되었군요. 앞으로 잘 부탁드립니다."

정신이 나간 셀비 일행의 귓가로 로인의 목소리가 흘러들어 왔다.

못 먹는 감

"출발했나?"

익스의 물음에 마티엔이 답했다.

"상단장과 경비대장이 감찰부장과 함께 출발했습니다."

상단장은 셀비, 경비대장은 데이카를 뜻했다.

마티엔이 두 사람의 직책을 언급하긴 했으나 이는 정확한 명칭은 아니었다.

두 사람의 정식 명칭은 다음과 같았다.

황실 상단 단장 셀비.

코렌스 황궁경비대장 데이카.

감찰부장은 얼마 전 독대하였던 사군 사령관 도린 데로트의 심복인 타밀이었다.

익스는 멍하니 정신을 놓고 있던 셀비 일행을 떠올리며 입가에 미소를 지었다.

신중한 책략가 셀비, 냉철한 지휘자 데이카, 쓰러지지 않는 전사 록셀을 등용해 새로운 이야기를 창출하였다며 S포인트 300을 지급받았기 때문이다.

보유 S포인트가 1,200으로 상향되었다.

S포인트가 퀘스트 실행에 필요하고 퀘스트를 완료하면 보상이 주어진다는 것을 알고 있었기에 익스로서는 대단히 반가운 일이었다.

"록셀은?"

"훈련 중입니다."

"훈련이라면, 알베스와 함께한단 말인가?"

"그런 것으로 알고 있습니다."

익스는 알베스의 훈련을 목격한 적이 있었다.

그를 지켜보고 있노라면 혹독함에 절로 몸이 떨렸다.

오죽하면 익스가 무리하지 말라 주의를 주었을까.

물론 알베스가 병사들을 혹독하게 훈련시키는 이유는 있었다.

근위 기사단의 전멸.

황제를 지척에서 보호해야 할 존재들이 사라진 것이다.

북부 코렌스가 안전한 곳이긴 하나 황제가 옮겨 왔다는 것이 알려진다면 반역자들은 다시금 암살을 시도할 것이다.

알베스는 암살자가 몰려오기 전에 근위 기사단을 부활시키고자 했다.

근위 기사단 부활이라는 사명감에 불타오르는 알베스의 눈에 든 것이 바로 지금까지 함께해 왔던 병사들이었다.

짧게는 5년, 길게는 10년을 함께해 왔던 만큼 배신이나 변절을 걱정할 필요가 없었다.

실력 또한 여느 병사들과는 비교할 수 없을 정도였다.

수많은 역경을 이겨 내며 얻어 낸 경험은 수십의 전쟁터를 드나든 노련한 기사와 비견해도 부족하지 않을 정도였다.

문제라면 병사들 대다수가 평민이거나 용병 출신이라는 것인데, 이는 황제가 그들을 직접 근위 기사로 임명한다면 자연스럽게 해결된 일이었다.

정상적인 상태였다면 수많은 귀족들이 눈에 불을 켜고 반대에 나설 것이지만 현재 황제 곁에 있는 귀족이라고는 토비가 유일했다.

여하튼 어려움이 있는 와중에도 끝까지 황제와 함께한 병사들에게 근위 기사가 될 수 있는 기회가 주어졌지만 모두가 환영한 것은 아니었다.

병사들의 실력이 출중한 것은 사실이었으나 근위 기사로 임명하기엔 부족한 감이 있었다.

알베스는 이를 채우기 위해 병사들을 혹독하게 훈련시켰던 것이다.

한시라도 빨리 근위 기사로서의 실력을 갖추길 바라며 말이다.

그러나 이에 대한 반작용으로 병사들 대다수가 근위 기사 자리를 포기해 버렸다.

이것만으로 알베스의 훈련이 얼마나 혹독한지 짐작하고도 남으리라.

사실 병사들이 근위 기사 자리를 포기한 것은 여러 가지 이유가 있었지만 혹독한 훈련이 상당한 비중을 차지했다는 것은 부인할 수 없었다.

이렇듯 모두가 기겁할 훈련을 록셀이 받는 중이라고 하니 익스로서는 당연히 걱정이 앞설 수밖에 없었다.

"무리하면 안 될 것인데."

"자청한 것입니다."

"호위대장이 자청했다고?"

"자청한 정도를 넘어서 훈련 강도가 만족스럽지 못하다고 더욱 높여 달라고 부탁할 정도라고 합니다."

"훈련 강도를 더 높여 달라 했다고?"

"폐하의 안목이 놀라울 뿐입니다. 몸이 탄탄해 괜찮은 실력을 갖추고 있을 것이라 기대했던 근위대장도 생각했던 것 이상이라며 제대로 의욕을 보이고 있습니다. 호위대장도 한 달 안에 근위대장과 십 합을 겨루어 낼 것이란 목표를 세웠습니다."

익스는 헛웃음을 내뱉었다.

"이것 참."

"폐하께서 선택하신 청년들입니다. 당연히 그 능력을 발휘할 것입니다. 호위대장뿐만 아니라 상단장과 경비대장도 기대가 큽니다."

익스는 기대감에 부풀어 오른 토비를 바라보았다.

'저들도 괴물이긴 마찬가지지.'

익스가 저들이라 칭한 것은 토비와 알베스였다.

셀비 삼형제의 능력은 이미 소설에서 접했기에 누구보다 잘 알고 있었다.

그러나 토비와 알베스는 소설이 시작되자마자 곧바로 목숨을 잃었다.

두 사람의 능력에 대해서는 언급조차 되지 않았던 것이다.

황제의 측근이었던 만큼 어느 정도 능력을 지녔을 것이라 여기고 있었으나 그리 높게 평가하지 않았던 익스였다.

토비와 알베스에 대한 편견이 부서진 것은 셀비 삼형제를 받아들이기로 결정된 다음부터였다.

셀비 삼형제의 능력을 점검한다면서 토비와 알베스가 시험에 들어간 것이다.

익스는 셀비 삼형제가 토비와 알베스를 압도할 것이라 여겼으나 이는 크나큰 착각이었다.

당대의 지식인이자 케인 가문의 책략가였던 셀비가 토비의 물음에 제대로 답변하지 못하고 가르침을 받는 모습은 상상조차 할 수 없는 일이었다.

데이카와 록셀은 협공을 펼쳤음에도 단 삼 합에 알베스에게 제압되었고, 쓸 만한 녀석들이라는 평가를 받았다.

익스는 토비와 알베스에 대한 평가를 수정해야만 했다.

오늘도 마찬가지였다.

셀비 삼형제는 설리반과 비견되는 A급 인재다.

그런 자들을 평가함은 물론이고 가르침을 내릴 정도라면 토비와 알베스는 S급 인재라 봐야 했다.

'지체할 필요가 없겠어.'

지금까지 익스가 전면에 나서지 않은 것은 여러 가지 이유가 있었지만 가장 큰 이유를 꼽으라면 안전이었다.

목숨을 위협받는 상황이었기에 안전을 우선적으로 도모했다.

마티엔을 곁에 두고 감찰부장 타밀을 설득해 데로트 가문의 비호를 받게 된다면 안전에 대한 문제는 일단락된 것이나 다름이 없었다.

안전이 확보되었다면 코렌스 개발에 본격적으로 나서야 한다.

지역을 개발하기 위해서는 많은 것들이 필요한데 그중에서 가장 중요한 것을 꼽으라면 사람과 재물일 것이다.

'인재는 충분해.'

지금까지 확보한 인재라면 이제 코렌스 개발은 얼마든지 가능했다.

행정 일은 토비를 정점으로 로인과 마티엔, 셀비, 설리반이 뒷받침하고, 군정은 알베스를 중심으로 데이카와 록셀을 붙여 준다면 코렌스 개발은 순조롭게 이루어질 것이다.

군정에 인력이 부족하다면 만능형 인재인 로인을 옮기는 것도 괜찮은 방법이고 말이다.

로인은 소설에서 수만의 병력을 통솔하여 전쟁을 승리로 이끌 뿐만 아니라 수십만에 달하는 거대한 도시를 원활하게 통치하기도 했다.

'자금도 충분하고.'

코렌스 개발에 쓰일 자금도 이미 충분했다.

바람막이산 유적지에서 얻은 보물을 이용한다면 어려움이 없었다.

만약 부족하다면 유적지에서 보물과 함께 발견된 마법 물품을 처분하면 되는 일이었다.

인재와 재물이 마련되었다면 남은 것은 하나뿐.

바로 실행이다.

'조직을 재정비해야지.'

코렌스의 책임자는 총무관 로인이었으나 주인은 황제였다.

총무관이라는 직책의 임무가 무엇이던가.

황제를 대리하여 황실 직할령을 다스리는 자리였다.

황실 직할령에 황제가 들어섰다면 해당 직할령의 권한은 자연스럽게 황제에게 넘어간다.

문제는 황제인 익스가 비공식적으로 코렌스에 들어섰다는 것이다.

거기에 더불어 총무관보다 윗줄에 있는 황실 내무관 토비와 근위대장 알베스까지 있다.

코렌스의 정점에 있던 총무관이 순식간에 서열 4위로 밀려나갔다.

당사자인 로인에게는 별문제 없을 것이나 로인 밑에서 일을 하던 자들은 혼란을 겪을 수밖에 없었다.

난생처음 보는 자들이 나타나서 누군지 정확히 밝히지도 않고 이래라저래라 명령을 내리고 있으니 말이다.

'생각보다 심각한 상황인걸.'

지금까지 별다른 문제가 발생하지 않았다는 것이 놀라운 일이었다.

익스는 시간을 내서 로인의 밑에서 일하는 자들을 살펴보기로 했다.

혹시 모른다, 어쩌면 숨은 인재를 찾아낼지도.

포킹덤에서 출신지가 정확한 이들도 있었지만 그렇지 않은 자들도 상당수 존재했다.

그들 중 하나라도 발견할 수 있다면 얼마나 좋겠는가.

자고로 난세에 인재는 다다익선이다.

인재 욕심을 내던 익스의 귓가로 마티엔의 목소리가 파고 들었다.

"근위대장은 경비대장이 복귀하는 즉시 호위대장과 경비대장 두 사람을 기사로 임명하길 원하고 있습니다."

"근위 기사로 삼고 싶은 모양이군."

"그러하옵니다."

익스는 선뜻 대답을 할 수 없었다.

두 사람은 수만의 병력을 능숙하게 이끌 수 있는 지휘관들이다.

근위 기사로 임명해 버리면 그 능력을 발휘할 기회를 빼앗는 것이나 다름이 없었다.

"그건 짐이 알베스와 따로 이야기를 나누어 보지. 그것보다 천재는 확실히 천재군."

"맞습니다. 경비대장과 호위대장은 물론이고 상단장도 충분히 천재라고 불려도 모자라지 않을 청년들입니다."

"그게 아니라 자네 말일세. 벌써 능숙하게 마나어를 사용하고 있지 않은가."

익스는 마티엔과 매일같이 독대를 하였고 마나어, 그러니까 한글과 한국어를 가르쳤다.

두 사람은 단어 암기와 문법이 어느 정도 진도가 나가자 단 둘이 있을 때는 지금처럼 마나어(한국어)로 대화를 나눴다.

마티엔은 시작할 당시만 해도 많이 어눌했지만 이젠 제법 능숙하게 마나어를 구사하고 있었다.

“폐하의 가르침이 매우 훌륭하였기 때문입니다.”

“스승보다는 제자의 능력이 출중하다고 봐야겠지. 이렇게 능숙한 것을 보면 마법진 습득에도 성과가 있을 것 같은데?”

“부족하지만 어느 정도는 깨친 상태입니다.”

“그렇다면 마법 물품을 만들 수 있단 말인가?”

“간단한 것이라면 가능합니다. 다만 유적지에서 발견한 것과 같은 품질은 아닙니다. 마법진을 새겨 넣었다는 것에 의의를 둘 뿐이지요. 그래서 지금까지 폐하께 말씀을 올리지 못하고 있었습니다.”

마법 물품을 제대로 제작하기 위해서는 마법진 제작과 제작된 마법진을 정확하게 새겨 넣는 것이 중요하지만 여기에 필요한 것이 또 있었다.

‘마나석인데.’

익스는 고민에 빠졌다.

마나석을 이용하면 마나어가 없더라도 마법 물품을 만들어 낼 수 있었다.

따라서 마나석은 아주 높은 가치를 지니고 있다.

만약 마나석, 마나어, 고위 마법사라는 삼박자가 이루어진다면 그야말로 전설적인 마법 물품이 만들어진다.

마나석은 소설 후반에 등장했다.

어느 나라에서 마나석을 개발하는 데 성공했고, 그로 인해 백중지세였던 사국의 판도가 와르르 무너져 대륙 통일의 위업을 이루어 냈다.

"당장 필요한 것이 있다면 제작은 가능하지만 품질은 기대에 미치지 못할 것입니다."

"짐이 원하는 것은 대단한 것이 아니야. 등을 만들 수 있겠나? 마법 등 말이야."

마티엔은 생각에 잠겼다.

'마나석을 구해 볼까?'

마나석을 얻기 위해서는 제국 동부와 북부 지역과의 거래가 필요했다.

하지만 거래가 이루어진다면 마나석의 존재가 외부에 알려질 수도 있었다.

마나석이 가지는 파괴력과 전략적인 가치를 생각해 본다면 확실히 손에 넣기 전까지는 포기하는 것이 좋았다.

마나석을 이용하려면 적어도 동부나 북부 지역 중의 하나 정도는 확실하게 장악한 뒤가 되어야 한다.

익스가 마나석에 대한 미련을 접을 때쯤에 마티엔도 생각을 정리한 모양이었다.

"마법 등이라면 어떻게 가능할 것 같습니다."

익스가 반색했다.

소설 속은 지구와 비교하자면 유럽의 암흑시대인 중세 초기와 비슷했다.

생활환경이 열악함을 뜻한다.

황제이기에 인력을 통하여 생활환경의 열악함을 극복해 낼 수 있었지만 해결하지 못하는 것도 존재했다.

익스는 여러 가지 불편함 중에서 어둠을 꼽았다.

“얼마나 걸리겠나?”

“쉽사리 예측할 순 없으나 넉넉히 한 달 정도는 시간이 필요할 것 같습니다.”

마법 등을 얻을 수만 있다면 한 달이라는 시간은 얼마든지 기다려 줄 수 있었다.

“다만 소신이 부족하여 폐하께서 기대하시는 것만큼 유용하지는 못할 것입니다.”

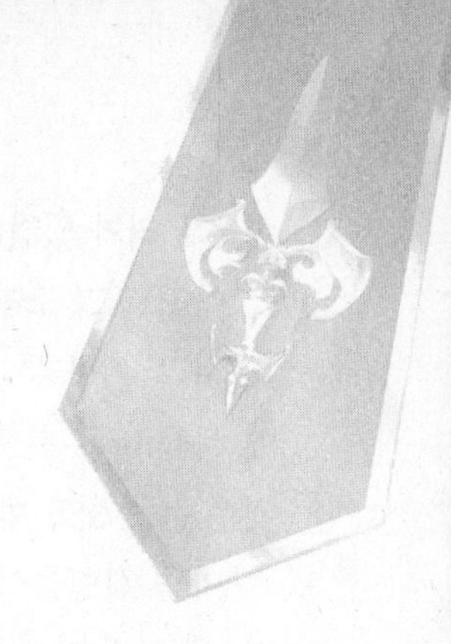

눈 뜨는 자들

새 바위 마을이 '새 바위'라는 이름을 가지게 된 것은 마을 입구에 있는 새 머리 모양의 바위 때문이었다.

새 바위 마을을 처음 찾는 방문객들은 입구에 있는 바위를 보고서는 자연스럽게 마을 이름에 관한 의견을 내뱉는 경우가 많았다.

"아무리 봐도 아닌 것 같은데."

"뭐가?"

"마을 입구에 있는 바위 말이야. 그게 어딜 봐서 새야? 그냥 윗부분이 약간 튀어나온 것뿐이잖아."

옳은 지적이었다.

냉정히 보자면 마을 입구에 있는 바위는 새 모양이라 하기에는 무리가 있었다.

"아직도 그 소리냐?"

"차라리 새 부리 마을이라면 이해라도 하지. 바위 윗부분에 삐죽 나온 건 부리 같긴 하거든. 그거 빼고는 새와 비슷한 것은 눈을 씻고 봐도 없잖아. 그냥 억지 같단 말이지."

"마을 사람들이 그렇게 부르고 싶으면 그렇게 부르는 거지. 뭘 그리 따져."

"억지가 지나치니까 그러지."

"마을 이름을 뭐라 하든 그게 무슨 상관이냐. 부르고 싶은 대로 부르는 거지. 그렇게 삐딱하게 봤다가는 마을 토박이들한테 눈총 받는다."

"토박이는 무슨. 도적놈들 때문에 쫓겨 온 놈들이 대다수지."

"그 대다수가 족히 10년은 여기서 살았어. 사실상 토박이나 다름이 없지."

"야! 그냥 하는 말인데 뭘 그렇게 심각하게 받아들이냐."

"우리한테는 별것 아닐 수도 있지만 여긴 사람들한테는 별것이 될 수도 있어. 너 그러다가 토박이든 10년 전에 옮겨 온 사람이든 찍히는 수가 있다. 그렇지 않아도 외부인이 늘어나는 걸 경계하는 마당인데. 소문 못 들었어? 얼마 전에는 싸움도 났잖아."

"배가 부른 거야. 그리고 우리 같은 외부인이 모인 것도 위에서 시킨 거잖아. 우리 덕분에 마을이 커졌으면 고마워할 줄 알아야지. 먹고사는 게 누구 덕분인데."

"누구 덕분이긴. 여기 마을 사람들이 부지런한 덕분이지. 여기가 이전과 비교할 수 없을 정도로 커지긴 했지만 10년 전이든 지금이든 간에 여긴 애초부터 넉넉한 곳이었어."

새 바위 마을은 위아래로 커다란 강을 두고 있었기에 오래전부터 북부 코렌스에서 손에 꼽히는 곡창지대로 유명했다. 그리고 황실 직할령인 북부 코렌스에서도 세 손가락 안에 꼽힐 정도의 규모를 자랑했다.

토지가 비옥하다는 이유도 있었지만 가장 큰 이유는 제국의 혼란과 맞물려 있었다.

"운도 좋네. 누군 산골에서 태어나서 죽도록 고생만 하는데 말이야."

"말은 바로 해야지. 산골 마을도 예전엔 살 만했어. 도적놈들 때문에 이상해진 거지."

"쩝, 이참에 그 도적놈들을 모조리 쓸어버렸으면 좋겠는데."

"그렇지 않아도 경비대를 모집하는 것 같더라."

"경비대라, 사람들이 지원할까? 솔직히 공사판에서 일해도 쏠쏠하잖아."

"벌이가 짭짤한 모양이야. 내가 듣기로는 공사판에서 일하는 것의 3배는 된다던데."

"3배나 된다고?"

"잘못하다간 죽는 거잖아. 목숨 걸고 하는 일이라면 당연히 많이 받아야지."

변방이 왜 변방이겠는가.

제국의 역량이 미치지 못하기 때문이다.

사실상 2명의 황제가 존재하는 혼란기에 변방에 도적들이 출몰하는 것은 너무나 당연한 일이었다.

더구나 코렌스 지방은 하늘산맥이라는 험지를 품고 있었다.

도적들의 은신처로 이보다 좋은 곳이 어디에 있겠는가.

코렌스가 전란에서 한 발자국 떨어져 있긴 했지만 대신 도적이라는 골칫거리를 떠안게 된 것이다.

재미있게도 하늘산맥에 도적들이 창궐하면서 새 바위 마을로 사람들이 몰려들었다.

코렌스를 개발하기 위해서는 하늘산맥에 숨어 있는 도적들을 어떻게든 처리해야만 했다.

경비대 확충은 도적들의 습격을 막는 것뿐만 아니라 토벌까지 염두에 둔 것이다.

도적 토벌은 말처럼 쉬운 일이 아니고, 경우에 따라서는 참여하는 자들의 목숨을 장담할 수 없었다.

극단적인 위험이 따르는 만큼 높은 보수가 주어졌고, 이는 돈을 원하는 자들에게 언제나 좋은 미끼가 되었다.

"그 정도면 엄청난 것 같은데. 나도 해 볼까?"

"아서라. 비실거리는 놈이 무슨 힘으로 거길 가려고 해. 제수씨랑 자식들 생각해야지."

"가족 생각을 하니까 이렇게 말하지. 돈을 왕창 벌어서 가져가면 얼마나 좋아하겠어? 그리고 우리 아버지가 용병 출신이었어."

"아버지가 용병이지 네가 용병이냐! 괜한 소리 하지 말고 줄이나 제대로 서."

"진짜라니까. 나 제법 괜찮아."

"미친놈. 하늘산맥에 있는 놈들은 악질 중의 악질이야. 오죽하면 하늘산맥 인근에 있는 마을이 전부 사라졌겠어? 우리 같은 놈들이 낄 자리가 아니야."

"그래도 그 돈이면 해 볼 만하지 않을까?"

"흰소리하지 말고 옷감 살 준비나 해라. 오늘도 못 사 가면 도적놈들이 아니라 제수씨한테 죽을 테니까."

새 바위 마을에 시장이 생길 때만 하더라도 옷감을 구하는 것은 그리 어려운 일이 아니었다.

엄밀히 말하자면 옷감을 구입할 사람이 없었다고 해야 할 것이다.

돈이 생기면 먹을 것을 챙겨 놓기에 바빴기 때문이다.

일자리가 생기긴 했지만 언제 사라질지 모르고, 일자리가 사라진다면 또다시 굶주릴 것이라는 생각에 다들 식량 비축에 힘썼다.

시장의 분위기가 달라진 것은 시장이 형성된 지 보름이 지난 뒤였다.

일자리가 계속해서 유지되자 여유가 생긴 것이다.

배고픔을 해결하고도 돈이 남게 되자 다른 것에 눈을 돌리기 시작했다.

사람들의 시선을 사로잡은 것은 옷과 신발이었다.

"그, 그렇겠지."

"제수씨를 그렇게 무서워하면서 무슨 도적을 상대한다고 그래? 그리고 네놈이 도적을 토벌하겠다고 나서면 제수씨가 얼씨구나 할 것 같아?"

"당연히 뜯어말리겠지."

"뜯어말리는 정도가 아니라 다리몽둥이를 부러트릴 거다."

"몰래 가면 되잖아."

"그랬다가는 내가 제수씨한테 말할 거야."

"배신하겠다는 거냐!"

"배신은 무슨, 모자란 친구 녀석을 살리는 길이지."

"쳇!"

에낙스는 직사각형 나무 상자를 3개씩 쌓아 올려 허리까지 올라오는 나무 기둥을 세웠다.

에낙스가 쌓은 나무 기둥은 총 4개였다.

나무 상자로 만든 나무 기둥 위로 준비해 두었던 길쭉한 나무판을 촘촘하게 올려놓자 넓은 테이블이 만들어졌다.

에낙스는 테이블에 옷감을 가지런히 올려놓았다.

테이블에 옷감이 쌓여 갈수록 사람들의 시선이 쏠리는 게 느껴졌다.

'오늘도 괜찮겠어.'

시장에 나온 사람들이 옷감에서 눈을 떼지 못하는 것을 확인한 에낙스의 얼굴에 아쉬움이 묻어났다.

물건을 판매하는 입장에서 손님들이 관심을 가진다면 기쁜 일이다. 그렇다면 어째서 에낙스는 아쉬워했을까?

'돈이 아쉽군.'

물건을 만족스러울 만큼 가져올 수 없었기 때문이다.

"아버지."

에낙스는 아들 소튼의 부름에 아쉬움을 감추고 고개를 돌렸다. 소튼의 손에는 반듯하게 접힌 옷감이 들려 있었다.

"그건 뭐냐?"

"팔고 남은 옷감 조각들을 모아 어머니가 만든 것입니다. 조각을 이어 붙인 것이라 옷감으로 사용하긴 어렵겠지만 탁자에 올리거나 문을 장식할 수 있을 것 같아서요."

에낙스는 아들의 설명을 듣고서는 고개를 끄덕였다.

어느 정도 여유가 생기면 특별한 것, 남들이 가지고 있지 않은 것, 예쁜 것과 같은 것에 시선이 가게 되어 있었다.

"눈에 띄긴 하겠구나."

"팔아 보려고 합니다."

"그걸 원하는 손님들이 있긴 하겠지만 달랑 그거 하나로는 어려울 것 같구나."

"하나가 아닙니다."

소튼이 마차 가장 안쪽에서 커다란 자루 하나를 옮겨 왔다. 자루 안엔 자투리 옷감을 이어 붙인 천이 가득했다.

"50개입니다."

에낙스는 깜짝 놀랐다.

"그걸 언제 준비한 거냐?"

"아버지께서 물건을 떼러 가실 때 어머니와 함께 만들었습니다."

"둘이서 이걸 다 만들었다고?"

에낙스가 자리를 비운 것은 이틀에 불과했다.

"이걸 어떻게 둘이서 만들겠습니까. 전 이만한 손재주는 없습니다. 어머니가 친구분들의 도움을 받아서 완성한 겁니다."

"도움치고는 양이 많은데."

"20명이나 달라붙어서 만들었습니다."

"용케 도움을 받았구나. 아무리 솜씨가 좋아도 시간이 꽤나 걸렸을 텐데."

"고생하긴 했지만 확실한 보상이 있다면 불가능한 일은 아니죠."

확실한 보상이라는 말에 에낙스는 의문에 휩싸였다.

근래에 나무노래성 아래 마련된 물품 거래소에서 천을 떼어다 팔면서 집안 사정이 좋아졌다고는 하지만 20명이나 고용할 만큼 풍족한 것은 아니었다.

"도대체 무얼 준 것이냐? 돈이 있는 것도 아닐 것인데."

"돈을 주기로 약속하고 도움을 받았습니다. 이걸 팔아 번 돈을 나누어 가지기로 했습니다."

에낙스는 눈을 크게 뜨고 물었다.

"돈을 주지 않고 일을 시켰단 말이냐?"

"당장 주지 않았을 뿐이지, 나중에 주기로 약속했습니다."

에낙스의 눈이 빛났다.

머릿속으로 번뜩이는 무엇인가가 스쳐 지나갔다.

장사를 시작함과 동시에 가졌던 아쉬움을 채워 줄 무언가가 떠오르려 했다.

에낙스가 본격적으로 장사에 뛰어든 것은 한 달 전이다.

새 바위 마을에서 저수지 및 관개수로 공사가 진행되면서 북부 코렌스의 지배자가 머물고 있는 나무노래성에서 다양한 물품을 풀기 시작했다.

놀라운 점은 여기서 그치지 않았다.

공사에 투입된 사람들에게 일당을 화폐로 지급하면서 새 바위 마을을 중심으로 화폐 거래가 퍼져 나갔고, 어느새 자리를 잡아 버렸다.

물물교환이 완전히 사라진 것은 아니지만 확실한 것은 화폐 거래가 대세라는 것이다.

화폐 거래가 이루어지고 나무노래성 물품 거래소에서 다양한 물품을 판매하면서 북부 코렌스에서는 에낙스와 같은 상인들이 다수 출현하기 시작했다.

새 바위 마을 시장에 자리를 차지한 상인들 중에서 열에 여덟은 에낙스와 같은 초짜 상인들이었다.

초짜 상인들 사이에서도 빈부격차는 존재한다.

원래 가진 것이 많은 자들은 장사에서도 큰 이득을 본다.

그러나 가진 것 없이 맨손으로 시작한 에낙스와 같은 경우는 큰 이득을 챙기기 어려웠다.

에낙스는 매번 한탄했다. 돈이 조금만 더 있었으면 더욱 크게 이득을 챙길 수 있었을 것이라고 말이다.

아내와 아들이 사람들의 도움을 받아서 천을 대량으로 만들어 낸 것에서 힌트를 얻은 것이다.

'그거야. 그거라면 당장 돈이 없어도 가능하겠어!'

에낙스는 뿌옇던 머리가 맑아짐을 느꼈다.

"약속을 믿더냐?"

"믿으니까 옷감을 만들어 주었죠."

"믿어 준다는 말이지? 그러면 말이다, 내가 부탁해도 만들어 줄까?"

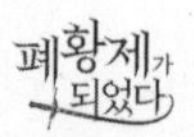

"옷감을 팔아서 돈을 나눠 준다면 당연히 만들어 주겠죠."

"그렇지. 이번에 돈을 주면 다음에도 돈을 줄 것이란 믿음이 생기겠지. 네가 생각한 것이냐?"

소튼이 고개를 저었다.

"어머니예요. 어머니가 직접 움직이셨어요. 그런데 이걸 팔아야 하지 않을까요? 손님들이 줄을 섰어요."

에낙스는 장사하는 것을 잊어버린 듯했다.

길게 늘어서 있는 손님에게는 눈길도 주지 않고 아들에게 물었다.

"실력이 어떤 것 같더냐. 옷감을 만들어 준 사람들 실력 말이야. 바느질 솜씨가 괜찮았어?"

소튼은 손님들에게 양해를 구하고 재빨리 대답했다.

"좋았죠. 그러니까 어머니가 믿고 일을 맡긴 것이고요."

"옷도 만들 수 있겠네?"

"당연하죠."

소튼의 대답에 에낙스는 희열에 찬 표정으로 허공에다가 주먹을 내질렀다.

그 모습에 소튼은 물론이고 줄 서 있는 손님들까지도 의아한 눈빛으로 에낙스를 바라보았다.

대장장이 확충

익스는 검지로 왼쪽 가슴을 툭 건드리고 중얼거렸다.

'안일했어.'

퀘스트가 완료되고 새로운 인재가 등용되면서 시스템이 제공해 준 다섯 칸짜리 보관함이 금세 채워졌다.

보관함을 차지한 것은 강철, 소금, 밀, 리넨 옷감이었다.

밀은 인재 등용에 따른 보상이었고, 리넨 옷감은 저수지 인력 확보 완료를 통해 얻은 것이었다.

여기에 더해 C포인트 10이 추가되면서 지금까지 모은 보유 C포인트도 60으로 증가하였으나 익스의 관심거리가 되진 못했다.

C포인트의 사용처를 알 수 없었기 때문이다.

익스의 관심거리는 퀘스트 보상과 보관함에 머물렀다.

보관함이 한 칸 남아 있으나 진행 중인 퀘스트를 생각한다면 비워 두는 편이 좋았다.

보관함이 가득 찼다고 보상을 주지 않을 수도 있다는 걱정 때문이었다.

그렇게까지 할까 싶었지만 지금까지 보여 준 시스템의 불친절함을 감안해 보자면 가능성은 충분했다.

무엇보다 조심해서 나쁠 것은 없는 것이니까.

익스는 보관함에 있던 것들을 전부 마법 주머니에 옮겨 놓을 생각이었으나 이내 생각을 바꿨다.

마법 주머니의 용량이 어느 정도인지 아직 파악하진 못했지만 무한대가 아님은 분명했다.

현재 금괴를 비롯하여 온간 보물들이 마법 주머니에 들어간 상태였으니 언제고 한계에 도달할 것이다.

이에 익스는 꼭 필요한 것만 마법 주머니에 보관하고 나머지는 성에 있는 창고에 두기로 했다.

로인의 상행으로 성에 있는 창고가 가득 채워진 만큼 그곳에 보상으로 받은 것들을 꺼내 놓아도 큰 문제가 없을 것이라 여긴 것이다.

마법 주머니에서 쫓겨난 물품은 밀과 리넨 옷감이었다.

소금과 강철은 마법 주머니에 계속 자리를 차지하게 되었다.

그 이유는 다음과 같았다.

소금은 들어온 양이 너무 적었고, 강철의 경우엔 제국의 철과는 품질 차이가 너무나 커서 꺼내 놓을 수 없었던 것이다.

어쨌든 보관함이 말끔히 정리되었다는 사실에 익스는 크게 만족하였으나 이러한 만족감은 오래가지 못했다.

보관함을 비우는 행동이 엉뚱한 사건을 만들어 버린 것이다.

"송구하옵니다."

고개를 조아리는 토비를 본 익스는 쓰게 웃었다.

'일을 너무 잘해도 문제야.'

이번 일은 토비가 창고 점검을 하지 않았다면 모르고 넘어갔을 일이다.

익스는 토비를 향해 말했다.

"로인의 상행으로 몰려온 수레를 생각해 본다면 실수는 당연한 일이었어. 그리 많은 물품들을 정확히 파악한다는 것이 쉬운 일은 아니지."

토비는 고개를 들지 않고 답했다.

"다음부터는 이런 문제가 일어나지 않도록 실수한 자들을 벌하여야 할 것입니다."

"벌이라니. 그럴 필요까진 없네. 횡령한 것도 아니고 단순히 개수를 누락시킨 것뿐이야. 굳이 크게 일을 만들 필요는 없을 것 같은데."

"이는 결코 가볍게 여겨서는 아니 될 일입니다. 이번은 누락했을 것이나 다음번에는 횡령이 될 수도 있습니다."

"이번에 투입된 자들 중에서 절반 이상이 새롭게 뽑힌 자들이야. 초임 하급 관리가 실수를 저지르는 것은 흔한 일이지. 이번 실수를 통해 부족한 점을 깨닫고 이를 채워 나갈 수 있다면 오히려 기회인 셈이야. 실수가 있다면 마땅히 지적할 것이나 과할 경우에는 애써 뽑은 하급 관리들이 주눅 들어 소극적인 태도를 취할 수도 있어. 가뜩이나 인력이 부족한 마당에 그러면 아니 될 일이야."

익스가 하급 관리들을 두둔하고 나선 것은 일명 창고 물품 누락 사건이 그들의 잘못이 아님을 알고 있었기 때문이다.

하급 관리들은 완벽하게 맡은 바 소임을 해냈다.

익스가 밀과 리넨 옷감을 창고에 꺼내 놓지 않았다면 이번과 같은 일은 일어나지 않았을 것이다.

"폐하께서 그렇게까지 말씀하신다면 이번 일은 이쯤에서 넘어가도록 하겠습니다."

토비가 창고 물품 누락 사건으로 하급 관리들을 질책하는 것을 보고 있노라면 '이쯤'이라고 할 만한 수준이 아니었다.

옆에서 보고 있는 사람이 진이 빠져 지칠 정도로 혹독했다.

말로 사람의 생명을 깎아 먹을 수 있다는 것을 토비가 증명해 냈다.

오죽했으면 고문관으로 인해 고생했던 군 시절이 떠올랐을까.

'미안해서 안 되겠다.'

익스는 하급 관리들을 도울 방법을 생각해 보았다.

과연 그들에게 도움을 줄 수 있는 방법이 무엇일까?

가장 먼저 떠오른 것이 휴가였으나 아쉽게도 그럴 만한 여유가 없었다.

북부 코렌스 개발 사업 진행에 있어 가장 큰 걸림돌이 바로 사람이 아니던가.

할 수만 있다면 고양이 손이라도 빌려야 할 판이었다.

'줄 건 돈밖에 없네.'

황제라고 무조건 충성을 요구할 수 없는 일이었으니까.

황제에게 충성하는 이유가 무엇이겠는가.

토비와 알베스 같은 자들도 있을 것이나 모든 이들이 그와 같을 수는 없었다.

충성의 대가는 지불해야 하는 법이다.

익스는 토비에게 정신 공격을 당한 하급 관리들에게 어느 정도의 보너스를 줄 것인지는 고민하며 책상에 흩어져 있는 서류를 바라보았다.

의도한 것이라 아니라 고민하는 동안 무의식적으로 이루어진 행동이었다.

'어?'

토비가 가져온 보고서는 글자로 가득했다.

회사에서 접하고 작성했던 보고서와는 확연히 달랐다.

정보 전달이라는 측면에서 보자면 그야말로 최악이었다.

효율성도 좋다고 할 수 없었다.

쓸데없이 길고 글자만 나열되어 있는 것이 한눈에 들어올 리가 없지 않은가.

'이걸 왜 이제야 눈치챘지?'

익스는 스스로를 질책했다.

자신이 해야 할 일은 제국의 미래를 알고 대응하는 것만이 아니었다. 또 다른 이점을 가지고 있지 않던가.

토비는 보고서에서 눈을 떼지 못하는 익스를 보고서는 말을 이어 나갔다.

"보고서에는 빠져 있으나 오늘 아침에 대장장이들이 소신을 찾아와 폐하께서 넘겨주신 철이 여느 철과는 비교할 수 없을 정도로 단단하다 보고하였습니다."

당연히 다를 수밖에.

강철은 일반적인 철이 아니라 탄소강이라 불리는 합금이었으니까.

"다룰 수 있다고 하던가?"

"대장장이들의 말에 따르면 어렵지만 가능하다고 합니다."

"잘됐군. 유적지에서 얻은 단단한 철을 더 내주도록 하지. 그것으로 무기를 만들어 병사들에게 주게. 도적 토벌에도 큰 도움이 될 테니 말이야."

"폐하, 폐하께서 내어 주신 철은 여느 철과는 비교할 수 없을 정도로 단단합니다. 이토록 뛰어난 재료로 무기와 갑옷을 만든다면 당연히 여느 것과는 비교할 수 없을 정도로 뛰어날 것입니다."

"잘됐군. 도적 토벌을 앞두고 병사들이 상할까 걱정이었는데, 유적지에서 얻은 단단한 철로 무장을 하게 된다면 큰 도움이 될 것이 아닌가."

토비의 표정이 어두워졌다.

"안타깝지만 폐하께서 주신 단단한 철로 병사들을 무장시키긴 어려울 것 같습니다."

"어째서?"

"대장장이들의 말에 따르면 함부로 다루었다가는 도리어 품질이 떨어질 수도 있다 합니다. 워낙 까다로운 철이라 무기와 갑옷을 온전히 만들려면 최소 한 달은 필요할 것이라 말했습니다."

"최소 한 달이라면 더 걸릴 수도 있다는 것이군. 도적 토벌에 사용하기는 힘들겠어."

"병사들의 무장에 대해서는 크게 걱정하실 필요 없습니다. 이번에 들여온 무기와 갑옷도 품질이 괜찮은 편에 속합니다. 만약 부족하다면 만들면 되는 것입니다. 무엇보다 단단한 철로 만들어진 무기와 갑옷의 품질은 대단히 뛰어날 것으로 예상됩니다. 병사들에게 내주시는 것보다는 폐하께서 아끼시는 자들에게 하사하는 것이 더욱 좋을 것 같습니다. 필요하다면 비싼 값에 판매하는 것도 고려해 볼 직합니다."

익스는 토비의 의견에 고개를 끄덕였다.

"그게 좋겠군. 짐이 가지고 있는 단단한 철을 일부 줄 것이니 자네가 처리하게."

"일부라면 얼마나 되는 것입니까?"

"일단 전에 준 것과 같은 무게로 98개를 더 주도록 하지. 그 정도라면 한동안 부족할 일은 없을 것 같은데. 어떤가?"

사실상 가지고 있는 것을 전부 내주는 것임에도 일부만 내준다고 말한 것은 앞으로도 계속해서 시스템을 통해 보상을 받을 것이기 때문이었다.

시스템 보상이 랜덤으로 이루어지는 것 같았기에 언젠가는 또다시 강철을 받을 수 있으리라 여긴 것이다.

"그만한 양이라면 한동안 대장장이들이 정신없이 바빠질 것 같습니다."

"이참에 대장장이들을 수소문해서 확충하는 것이 좋을 것 같은데. 그것이 어렵다면 대장장이들에게 제자를 붙여 주는 것을 고려해 봐."

현재 제국에서 대장장이의 신분은 낮은 축에 속했으나 10년만 지나면 천지가 개벽할 정도로 상승된다.

전란의 시대가 열리고 병장기 수요가 급증하면서, 자연스럽게 대장장이의 신분이 올라간 것이다.

그러니 그때를 대비해서라도 미리미리 챙겨 두는 것이 좋았다. 그와 더불어 퀘스트를 완료하기 위해서라도 꼭 필요한 일이었다.

"최대한 확충해 보겠습니다."

"그리고 단단한 철을 앞으로 강철이라고 부르는 것이 좋겠어. 길게 이름 붙이는 것보다는 이게 편할 것 같아."

"강철이라, 딱 어울리는 이름인 것 같습니다. 앞으로 폐하께서 내주시는 단단한 철을 강철이라 부르도록 하겠습니다."

토비의 대답과 동시에 반가운 소식이 익스에게 전달되었다.

–첫 번째 수호자의 유적지 입구에 무덤과 추모비를 건립하십시오.

–무덤 : 1/1, 추모비 : 1/1

–무덤과 추모비 건립이 완료되었습니다.

–금 8 획득, C포인트 20 획득.

–공업 수치 300 상승.

–보유 S포인트 : 1,200

–보유 C포인트 : 80

익스가 메시지 창에 집중하는 사이, 토비는 북부 코렌스 주요 마을에서 이루어지고 있는 개발 현황을 보고해 나갔다.

북부 코렌스 개발은 크게 3개 지역에서 이루어지고 있다.

첫 번째 지역은 그물 마을로, 이곳에서는 어선 확충과 항구와 조선소 개발을 위한 준비 작업이 진행 중이었다.

두 번째는 나무노래성이다. 이곳에서는 성 증축과 요새 건설이 진행 중이었고 물품 거래소를 만들어 운영 중이었다.

마지막 지역은 새 바위 마을로 이곳은 저수지와 관개수로가 만들어지는 중이었고, 약초밭이 조성되어 토비와 마티엔이 선별한 약초가 무럭무럭 자라나고 있는 중이었다.

익스는 토비의 보고를 들으며 퀘스트 완료 창을 닫고 진행 중인 퀘스트 창을 활성화시켰다.

—북부 코렌스의 개발 : 모든 산업의 등급을 한 단계씩 올리십시오.

—농업 9등급 (6,800/10,000)

—어업 9등급 (6,500/10,000)

—상업 9등급 (4,300/10,000)

—공업 10등급 (3,300/5,000)

퀘스트가 활성화될 당시만 하더라도 모든 수치가 바닥에 근접해 있었으나 지금은 이전과 비교할 수 없을 정도로 크게 상승했다.

가장 드라마틱하게 상승한 산업 수치는 상업이었다.

10등급 초반에서 단번에 9등급으로 올라섰다.

화폐를 유통시키고 다양한 물건을 물품 거래소를 통해 사람들에게 판매하자 자연스럽게 시장이 형성되면서 상업 수치가 가파른 상승세를 보인 것이다.

공업 등급도 무덤과 추모비 개발에 힘입어 300이나 상승하여 3,300에 올랐다.

농업과 어업의 수치 상승도 순조로웠다.

이런 식이라면 머지않아 북부 코렌스 개발 퀘스트를 완료할 수 있을 것 같았다.

'어려운 만큼 보상도 크겠지. 뭘 주려나?'

익스가 퀘스트 보상을 기대하고 있을 때도 토비의 보고는 계속해서 이어졌다.

노움와 호빗

"그리고 산적 토벌을 위한 병력 충원도 순조롭습니다. 그물 마을과 새 바위 마을에 지원자들이 계속해서 늘어나고 있는 추세이기에 생각보다 빨리 목표했던 병력을 채울 수 있을 것 같습니다."

"아까도 말했지만 이곳은 사람이 부족한 곳이야. 애써 모은 병력을 산적들에게 희생당하게 만들어서는 안 되네."

"염려 놓으시지요. 근위대장과 호위대장이 선발한 병사들을 훈련 중이니만큼 폐하께서 걱정하시는 것만큼 희생은 없을 것입니다."

산적 토벌과 병력 충원에 대한 보고를 끝으로 물러나려는 토비에게 익스는 대화 중 작성한 종이를 내밀었다.

글자로 가득한 보고서를 보고만 있을 수는 없었다.

"이걸 한번 봐 봐."

토비는 익스가 내민 종이를 공손하게 받아 들어 이리저리 살폈다.

익스가 건넨 종이는 두 장이었다.

첫 번째 장에는 그림이 그려져 있었고, 두 번째 장에는 토비로서는 난생처음 접한 글자 같은 것이 적혀 있었다.

"이것이 무엇인지요?"

"요즘 업무량이 상당한 것 같더군. 창고 사건이 일어난 이유도 결국 업무가 과중되었기 때문이 아닌가. 이전부터 이에 대해 짐 또한 고민하고 있었는데, 마침 좋은 생각이 떠올라 만들어 본 것이야. 업무 효율을 높일 수 있도록 일종의 편리함을 제공하는 것들이지."

토비가 두 장의 종이를 뚫어지게 바라보았다.

익스가 설명을 이어 나갔다.

"종이에 그려진 그림은 짐이 직접 고안한 주판이고, 두 번째 장에 있는 것은 마나어를 참조하여 만들어진 것으로 수를 편하게 기록하는 것이지. 새로운 숫자라고 하면 될 것 같군."

익스는 숫자, 그러니까 아라비아숫자 개념에 대해 설명했다.

짤막한 설명이었지만 토비는 스스로가 엘리트라는 것을 증명하듯이 빠르게 아라비아숫자 개념을 깨우쳤다.

주판 사용법에 대한 설명도 오래지 않아 마무리되었다.

토비는 주판 이용법을 단번에 이해했다.

"어떤가? 이것이라면 자네는 물론이고 업무로 고생하는 이들에게 큰 도움이 될 것 같은데 말이야."

"……."

토비는 말문이 막혔다.

묻고 싶은 것이 산더미였지만 주판과 새로운 숫자라는 것이 머릿속을 가득 채우고 있었다.

익스가 크게 놀란 토비를 향해 운이 좋았다고 말하려 할 때였다.

–아라비아숫자를 세상에 전파했습니다.

–구리 34 획득.

–S포인트 200 획득.

–주판을 세상에 전파했습니다.

–인구 103 획득.

–S포인트 200 획득.

–보유 S포인트 : 1,600

–보유 C포인트 : 80

익스는 느닷없이 나타난 메시지 창에 깜짝 놀라긴 했으나 이내 회심의 미소를 지었다.

'이것 봐라!'

설리반은 개울 건너에 있는 들판을 바라보고 있었다.

어째서인지 모르겠으나 눈앞에 펼쳐진 풍경은 평화로웠다.

적게는 다섯 걸음 많게는 열 걸음이면 건너갈 개울이건만 자신이 밟고 있는 땅과는 달라도 너무 달랐다.

세상의 복잡함과 번잡함은 개울을 넘어갈 생각이 없는 것 같았다.

설리반은 고개를 돌려 자신이 지나온 곳을 바라보았다.

개울 너머와 비교해 보자면 겉으론 큰 차이가 없었다.

굳이 다른 점을 찾아보자면 자신의 발이 닿은 곳은 검은 깃털 부족의 영역이었고, 개울 너머는 노움과 호빗의 영역이라는 것이었다.

"그들이 올까요?"

설리반은 오른편으로 다가와 어깨를 나란히 한 에센트에게 눈길을 돌렸다.

에센트는 수염 고래 마을에서 첫 번째 손에 꼽히는 전사로, 설리반의 안전을 책임지는 호위로서 함께하고 있었다.

최강의 전사라면 흔히들 거인과 같은 체구를 상상할 것이지만 에센트의 체구는 일반인보다 조금 큰 수준에 불과했다.

저런 몸으로 무슨 최강의 전사냐고 할지도 모르겠으나 겉으로 드러난 체구에 속아 넘어가서는 안 된다.

에센트는 검은 깃털 부족 전사와도 대등하게 겨룰 수 있을 정도로 강력한 힘을 지니고 있었다.

인간보다 월등한 힘을 지닌 오크, 그 오크보다 더욱 강력한 힘을 지닌 하이오크가 바로 검은 깃털 부족이다.

검은 깃털 부족 전사와 대등하게 겨룰 수 있다는 것은 한마디로 인간의 경지를 넘어섰음을 의미했다.

"나도 어떻게 될지 모르겠어."

에센트가 의외의 표정을 짓는다.

"확신이 없으신 겁니까?"

설리반은 대꾸하지 않았다.

계속 코렌스에서 만난 청년의 얼굴이 떠올랐다.

그는 이종족과 인간의 연합에 대해 오래도록 고민해 왔던 자신조차도 생각지 못한 문제점을 지적했다.

문제점 지적에 그쳤다면 똑똑한 자들의 자만이라 볼 수도 있겠지만 북부 코렌스의 책임자로 보이는 청년은 멋들어진 해결책까지 제시했다.

그 해결책이 정말 실현 가능한지는 아직 알 수 없지만 설리반이 판단하기에는 가능성이 높아 보였다.

"낯섭니다."

"뭐가?"

"지금까지 저를 포함해서 많은 이들이 도련님의 의중을 파악하기 위해서 노력해 왔습니다. 당장은 이해할 수 없는 조치들이 시간이 흐른 뒤에는 효과를 발휘했었습니다. 그로 인하여 수많은 위험을 헤쳐 나갈 수 있었죠. 이러한 경험을 통해서 도련님이 가끔은 기이한 조치를 내리신다면 나름대로 살펴보았지요. 저처럼 힘이나 쓰는 자들은 진작 포기했지만 제법 머리를 굴릴 줄 안다는 자들은 쉽게 포기할 수 없었었던 모양입니다."

"그럴 시간에 마을의 미래를 걱정하는 것이 더욱 건설적일 것인데."

"제가 보기에 지금 도련님의 표정이 제법 머리를 굴릴 줄 아는 자들이 도련님의 의중을 파악하고자 하던 때와 같습니다."

"그랬나."

설리반이 쓴웃음을 지을 때였다.

"저길 보십시오."

에센트가 가리킨 곳으로 시선을 돌리자 낯선 것이 눈에 들어왔다.

정확히 숫자를 파악하긴 힘들었지만 눈대중으로 보자면 족히 100은 넘어 보이는 무리였다.

개울 건너편은 노움과 호빗의 영역.

100이 넘는 숫자로 무리를 이룰 정도라면 노움과 호빗 무리임이 분명했다.

거리가 가까워지자 설리반의 눈에도 선명하게 보였다.

무리는 크게 2개로 나눌 수 있었다.

조랑말을 타고 등에 활을 메고 있는 자들과 방패를 메고 있는 자들이었다.

노움과 호빗은 언제나 함께 다녀 구분하기 어려울 수도 있겠지만 조금만 눈여겨보면 어렵지 않게 구분할 수 있었다.

노움은 말랐고 호빗은 통통하다.

노움은 귀 끝이 엘프처럼 길었고 호빗의 귀 끝은 인간과 같이 둥그스름했다.

노움과 호빗을 이토록 가까운 곳에서 마주한 것은 설리반도 처음 있는 일이었다.

수염 고래 마을이 세워진 지도 족히 200년 가까이 되었지만 노움, 호빗과는 교류가 없었다.

수염 고래 마을과 노움, 호빗의 영역 중간에 오크 부족 하나가 자리를 잡고 있었기 때문이다.

수염 고래 마을이 검은 깃털 부족과 손을 잡고 해당 오크 부족을 밀어냈기에 오늘과 같은 만남이 가능했다.

설리반이 대동한 인원은 에센트를 포함한 10명이었다.

검은 깃털 부족의 족장인 늑대송곳니가 안전상의 문제로 호위를 붙여 주고자 했지만 설리반이 거절했다.

오크는 노움과 호빗의 오랜 적이었다.

검은 깃털 부족은 오크와 다른 하이오크이며 그들을 공격하거나 약탈한 적이 없었지만 노움과 호빗이 보기에는 같은 오크일 뿐일 테니까.

처음 만나는 자리에서 적이라 여기는 오크를 대동시켜 봐야 경계심만 높아질 것이 분명했다.

설리반과 노움과 호빗은 개울 사이에 두고 마주 보게 되었다.

노움과 호빗은 모두 완벽하게 무장을 갖추고 있는 상태였다.

'생각한 것보다 뛰어난걸.'

노움의 손기술은 대단히 뛰어나 드워프와 비견될 만하다고 하더니 틀린 말이 아닌 것 같다.

그들이 착용한 갑옷과 마갑은 언뜻 보기에도 상당한 수준이었다.

"뒤로 물러나 있어."

설리반의 말에 에센트는 잠시 눈을 찌푸리며 잠시 망설였지만 이내 호위병을 데리고 물러났다.

설리반의 판단을 믿었고, 노움과 호빗에게서도 적의가 느껴지지 않았기 때문이다.

에센트가 물러나자 콧수염을 구레나룻까지 연결시킨 노움이 갑옷과 활을 내려놓고 개울을 건너왔다.

노움은 조랑말에서 내려 설리반 앞에 있는 바위에 올라섰

다.

설리반과 눈높이를 맞추기 위함이었다.

"난 에쉬라고 한다."

"만나서 반갑습니다. 설리반이라 합니다."

"요정의 언어를 알고 있군."

설리반이 미소를 그리며 답했다.

"요정 대륙에서 살아가기 위해서 꼭 필요한 것이니까요."

에쉬가 무언가를 떠올린 것 같았다.

"조상님들께서 요정의 대륙에 뿌리를 내린 인간들이 있다고 했던 것 같은데. 자네가 그들의 후손인가?"

"그렇습니다. 정확히는 네르한의 후예인 수염 고래 마을에 속해 있습니다."

"네르한이라, 그것을 아직까지 붙들고 있는 자들이 있을 줄은 몰랐군."

"뿌리를 잊지 않기 위함이지, 과거를 되살리고자 하는 것은 아닙니다."

에쉬가 고개를 끄덕였다.

"그렇지. 전설이 되어 버린 과거이니까."

"오히려 제가 놀랍군요. 노움족이 네르한을 기억하고 있을 것이라고는 생각지 못했으니까요."

"나도 아버지에게 들었을 뿐이야. 자세한 것은 알지 못해."

에쉬가 손을 저으며 말을 이어 갔다.

"기억에 어렴풋이 남아 있는 과거의 일은 여기쯤에서 정리하지. 그것보다 자네가 보낸 편지 말일세."

"읽어 보셨습니까?"

"자네가 보낸 편지로 인해서 심심할 정도로 한가하던 우리의 삶이 매우 시끄러워졌지."

"제가 생각하기에는 그리 놀라운 일이 아닌 것 같은데요."

에쉬는 콧수염을 쓰다듬으며 말했다.

"편지를 보낸 인간이 네르한의 후손일 것이라고는 생각지 못했으니까. 설사 네르한의 후손일지라도 어찌 인간이 오크를 대표할 수 있겠는가. 사실 지금도 믿기지가 않아."

"세상을 살다 보면 상상조차 할 수 없던 일들이 종종 일어납니다. 그것들 중의 하나라고 보시면 됩니다. 그리고 세상은 변하기 마련이죠. 저는 그 변화의 중심에 있는 것이고요."

"그렇다 한들 오크라니. 인간과 오크가 함께하는 것도 놀라운 일이건만 인간이 오크를 대표한다는 것은 말도 안 되는 일이지."

"저와 함께하는 오크는 여느 오크와 다릅니다. 아시겠지만 인간이라고 모두 나쁜 것은 아닙니다. 지금은 교류가 없지만 과거 노움분들께서도 인간과 교류를 하셨다고 알고 있습니다."

"그렇긴 하지. 조상님들께서 신뢰할 만한 인간들과 교류를 하긴 하셨지. 네르한도 그들 중 하나였고. 아주 오래전 일이긴 하지만 말이야."

"오크도 인간과 마찬가지입니다. 오크라고 모두 나쁜 것은 아닙니다. 오크 중에서도 평화를 원하고, 오해가 발생하면 힘보다는 대화를 원하는 오크가 존재합니다. 지금까진 난폭한 오크에게 밀려 드러나지 못했을 뿐이지요. 하지만 이젠 어느 정도 세력을 얻은 상태입니다. 저와 함께하고 있는 오크는 오크의 네르한이라 칭해도 부족함이 없습니다."

"오크의 네르한이라……."

에쉬가 생각에 잠겼고, 설리반은 조용히 이를 지켜보았다.

에쉬가 엄지와 검지로 콧수염을 문질렀다.

"결국 교류를 하자는 뜻이군."

"언제까지 서로 고립되어 있을 수는 없지 않습니까. 과거 요정의 대륙은 평화로운 곳이었습니다. 요정족들은 활발하게 교류를 하였고 강력한 왕국을 건설하기도 했지요. 다시 한번 과거의 영광을 되살려야 하지 않겠습니까."

"자네는 네르한이 되고자 함인가?"

설리반은 고개를 흔들었다.

"얼마 전까지만 하더라도 네르한이 되고자 했고 그럴 수 있다고 생각했지만, 얼마 전 누군가를 만나게 되면서 생각이 바뀌었습니다."

"어째서?"

불친절한 시스템

"바다를 건너 인간들이 살고 있는 대륙에 도착해 그곳에서 누군가를 만났습니다. 네르한이 되고자 했기에 인간들을 끌어들일 생각이었지요. 강력한 오크와, 인간들 중에서 세력을 가잔 자를 끌어들일 수 있다면 네르한이 되기에 충분할 것이라 생각했습니다. 그런데 그곳에서 만난 인간이 저의 계획에 문제가 있음을 알리고 해결책을 제시했죠. 그 해결책이 바로 여러분들을 혼란으로 몰아넣은 편지입니다."

에쉬가 깜짝 놀란다.

"뭣이라! 편지에 적힌 내용이 자네가 생각한 것이 아니고 바다 너머에 있는 인간이 제안한 것이라고?"

"그렇습니다."

"놀라운 일이군. 바다 너머에 있는 인간들이 우리와 교류한 것이 족히 천 년은 될 것이야. 기록이 남아 있지도 않을 것이고, 남아 있더라도 정확하지 않을 것인데."

"제가 간략하게 요정 대륙의 상황을 설명해 주었더니 그 인간은 순식간에 문제점을 파악했고, 인간과 오크의 동맹에 머물 것이 아니라 노움과 호빗을 동참시켜야 한다고 설명했습니다. 그들도 바다 너머에 있는 대륙에서 원하는 것이 있을 것이라면서요."

"도대체 우리가 바다 너머에 있는 대륙에 관심이 많다는 것을 어찌 알아낸 것인지 궁금하군. 자네가 알려 주었나?"

"저도 알지 못했습니다. 그 인간에게 듣고 나서야 알아차렸으니까요. 이야기를 듣고 나서야 저는 왜 먼저 그것을 깨닫지 못하였는지 자책할 수밖에 없었습니다."

"바다 너머에 있는 인간의 통찰력이 놀라울 뿐이군. 그자의 주장대로 우린 바다 너머에 있는 대륙에 관심이 많아. 우리 노움은 새로운 광물을, 호빗은 새로운 농작물을 찾는 것이 오랜 꿈이니 말이야."

설리반의 얼굴에 화색이 돌았다.

"그 말씀은 이번 4각 동맹에 참가할 의사가 있다는 말씀이신지요?"

"긍정적으로 생각은 하지만 아직 결정한 것은 아니야. 최종 결정은 4각 동맹을 제안한 인간을 만나 보고서 내리고 싶네.

가능하겠나?"

흔쾌히 고개를 끄덕이던 설리반의 머릿속으로 문득 스쳐 가는 것이 있었다.

이번 제안은 단순히 인간에 대한 호기심 때문만이 아니라는 것을 깨달은 것이다.

"직접 찾아가신다는 것은 여러 가지 의미가 포함되어 있는 것이군요."

"맞네. 자네가 말한 오크가 궁금해졌네. 우리가 그 인간을 만나기 위해서는 오크 영역을 가로질러야 하지. 자네의 말대로 검은 깃털 부족이 여느 오크와 다르다면 우리를 보호해 주겠지."

설리반은 자신 있게 대답했다.

"안전하게 모시겠습니다."

나무노래성은 황제의 별장으로 만들어졌으나 그 역할을 다 하지 못했다.

에소니아 제국의 주요 도시들은 중부와 동부 지역에 치중되어 있었기에 하늘산맥 너머에 있는 서부 지역인 코렌스는 철저히 소외당해 왔었다.

황실 직할령과 황제의 별장이 있음에도 역대 황제들 중에서 나무노래성을 찾은 이는 없었다.

사실상 나무노래성은 황실 직할령 총무관의 관저로 사용되었다.

만들어진 당시엔 황제의 별장으로 어느 정도 구색을 갖추어 놓았을 것이나 세월이 흘러감에 따라 과거의 모습이 옅어질 수밖에 없었다.

그나마 익스와 함께하고 있는 궁인들의 노력으로 현재는 황제의 별장으로서 그럭저럭 구색을 갖추어 놓은 상태였다.

여기서 말하는 구색이란 화려함이나 거대함을 말하는 것이 아니었다.

궁인들의 노력의 결실을 가장 쉽게 설명할 수 있는 것은 중앙 홀에 놓인 어좌였다.

어좌라고 한다면 온갖 보석으로 화려하게 치장된 것을 떠올릴 것이나 겉모습은 이전과 달라진 점이 없었다.

그렇다면 노력의 결실은 무엇일까?

대표적인 것이 아홉 층에 놓여 있는 의자였다.

에소니아 제국은 신분에 따라 의자가 놓이는 위치가 달라진다.

흔해 빠진 의자라 할지라도 아홉 층으로 쌓아 올린 연단 위에 놓여 있다면 이는 어좌를 뜻한다.

익스는 어좌에 앉아 홀을 내려다보았다.

어좌에 앉은 익스를 중심으로 오른쪽에는 토비와 로인, 마티엔이, 왼쪽에는 알베스와 록셀이 자리를 잡고 있었다.

사실 이들이 한자리에 모이는 것은 결코 쉬운 일이 아니었다.

다섯 사람이 한꺼번에 자리를 비우면 북부 코렌스의 행정력에 심대한 타격을 받게 된다.

이 다섯 사람이야말로 황실 직할령인 북부 코렌스의 실질적인 관리자였기 때문이다.

이들의 바쁨을 한 문장으로 표현하자면 다음과 같았다.

몸이 10개라도 부족하다.

알베스와 록셀은 하늘산맥에 자리를 틀고 앉아 있는 도적토벌을 위한 전략을 수립함과 동시에 병사들을 훈련시켰고, 토비와 로인은 코렌스 곳곳에서 진행되고 있는 공사를 책임짐과 동시에 물품 보관소를 통해 들어오는 자금을 관리했다.

일의 개수로 보자면 토비와 로인이 가장 바쁘다고 할 수 있겠지만 진정으로 바쁜 사람은 따로 있었으니, 바로 마티엔이었다.

그는 낮에는 토비와 로인을 돕고, 저녁에는 익스에게 마나어를 배운다.

그의 하루 일과는 여기서 끝나지 않고 늦은 저녁부터는 마법진 연구에 들어갔다.

마티엔의 말에 따르면 하루 수면 시간이 2시간을 조금 넘길 정도라고 했으니까.

이곳에서 가장 한가한 사람을 꼽으라면 황제인 익스였다.

'나라고 가만히 있고 싶나.'

마음 같아서는 당장이라도 돕고 싶었지만 황제라는 신분이 문제였다.

정상적인 상황이었다면 저들 못지않을 정도로 바쁠 것이나 현재로서는 외부의 시선을 피해야만 하는 상황이었다.

데로트 가문이 움직일 때까지는 좋든 싫든 간에 최대한 숨어 지내야만 했다.

여하튼 몸이 10개라도 모자랄 만큼 바쁜 이들이 한자리에 모인 것은 그들의 손에 들려 있는 종이 뭉치와 깊은 연관이 있었다.

"폐하……."

종이 뭉치를 뚫어지게 바라보던 다섯 사람 중에서 가장 먼저 입을 뗀 것은 토비였다.

"어떤가? 낯설게 느껴지긴 하겠지만 보기에는 좋을 거야."

토비는 물론이고 함께한 이들은 누구랄 것 없이 고개를 끄덕였다.

종이 뭉치엔 익스가 직접 작성한 조직도가 그려져 있었다.

–조직도를 세상에 전파했습니다.

–인구 250 획득.

–S포인트 200 획득.

—보유 S포인트 : 1,800

—보유 C포인트 : 80

메시지 창을 확인한 익스는 속으로 미소를 지었다.

'이런 걸 두고 일석이조라고 하는 거지.'

사람들에게 새로운 지식을 알리면 시스템은 보상을 내주었다. 몰랐으면 모르겠으나 뻔히 알면서 어찌 이용하지 않을 수 있겠는가.

'하필 보상이 인구네.'

익스의 얼굴에 실망감이 드리웠다.

코렌스가 인구 부족에 시달리고 있다는 것을 감안한다면 인구는 환영할 만한 보상이었다.

그럼에도 불구하고 익스가 실망한 것은 주판을 통해 받은 보상이 인구임에도 아직 이렇다 할 소식이 없었기 때문이다.

보관함에 들어간 것도 아니고, 시스템을 샅샅이 훑어보았음에도 보상으로 받은 인구에 대한 정보를 찾을 수 없었다.

—군주 지원 시스템에서 알려 드립니다. 사용자께서 요청하신 인구 353 배송이 시작되었습니다.

인구 353이라면 주판으로 받은 보상 인구 103과 이번에 받은 보상 인구 250을 합한 숫자가 아닌가.

'뭐야, 인구는 일정 수준 이상이 되어야 배송되는 건가?'

인구 보상을 받은 것이 이번이 처음이었기에 시스템의 기준을 정확히 유추해 내긴 어려웠다.

도대체 무슨 기준으로 인구를 배송하는 것일까?

익스는 시스템의 기준이 무엇인지 알고 싶었으나 이내 포기해 버렸다.

'뭐가 됐든 보상만 받으면 되는 거지, 뭐.'

익스는 깊게 고민치 않았다.

묻는다고 답해 줄 시스템도 아니었고 마침 토비가 입을 열었기 때문이다.

"폐하께서 코렌스를 통치하기 위해서는 대대적인 인사 작업이 필요하긴 합니다. 한데 폐하께서 고안하신 관료, 군사 조직은 코렌스에 적합해 보이진 않습니다."

당연한 지적이다.

익스가 건네준 조직도는 대한민국 정부의 행정, 군사 조직을 기반으로 만들어진 것이기 때문이다.

"짐이 고안한 조직은 제국이 온전하다는 전제를 깔고 만들어진 만큼 코렌스에 적합하다고 볼 수는 없지. 그럼에도 거대한 관료, 군사 조직을 정비하려고 하는 것은 일종의 의지를 보이는 셈이야. 자네들도 알다시피 제국의 관료, 군사 조직은 사실상 짐의 손을 벗어나 있어."

제국의 관료 조직은 혼란기에 접어들면서 이원화되었다.

여기서 이원화는 권력의 분산이나 업무의 효율성을 뜻하는 것이 아니라 같은 이름의 직책이 2개씩 존재함을 뜻했다.

내무관이라는 직책을 예로 들어 보자면 내무관과 황실 내무관이라는 직책이 존재한다.

둘 모두 황제가 임명하지만 내무관은 황제의 의사보다는 정권을 잡은 권력자의 의사가 반영되었고, 앞에 황실이라는 이름이 붙은 직책만 황제의 의지에 따라 임명이 가능했다.

이후 내무관은 내무 총관이라는 이름으로 바뀐다.

앞에 황실이라는 단어가 붙긴 하지만 헷갈리는 경우가 많았기 때문이다.

여하튼 모든 권한이 내무 총관에게 있는 것을 감안한다면 황제의 인사권 자체가 유명무실해진 상태였다.

"이는 더불어 제국 또한 짐의 손에서 벗어난 것이나 마찬가지지."

이어진 말에 누구랄 것이 없이 고개를 조아림에도 익스는 계속해서 말을 이어 갔다.

"부정하고 싶지만 이는 엄연한 현실이야. 그렇다고 한탄만 할 수도 없는 일이 아닌가. 어려운 일이 될 것이지만 짐은 이곳 코렌스에서 제국을 새롭게 세울 생각이야. 그렇기에 기존의 제국의 틀에서 벗어나고자 조직을 새롭게 만드는 것이지. 아까 말했다시피 짐이 고안한 조직 체계는 제국이 온전한 모습을 갖추었을 때를 상정하고 만들어졌어. 자네들이 의논해 통합할 것은 통합하고 제외할 것은 제외해서 현실에 맞게 조정해 봐."

익스의 말이 끝나기 무섭게 토비와 알베스를 중심으로 논의가 이루어졌다.

그때였다.

군주 지원 시스템이 메시지 창을 생성시켰다.

—설리반이 노움과 호빗의 설득을 완료하였습니다.

—어선(중형) 2획득.

—C포인트 30 획득.

—연계 퀘스트가 활성화됩니다.

—연계 퀘스트를 실행하기 위해서는 S포인트 300을 필요합니다.

—연계 퀘스트를 실행하시겠습니까?

—연계 퀘스트가 활성화됩니다.

—연계 퀘스트를 실행합니다. 요정 대륙의 이종족들과 동맹을 맺으십시오.

—S포인트 300 차감.

—보유 S포인트 : 1,500

—보유 C포인트 : 110

익스는 연속해서 이어지는 메시지 창에 눈을 반짝였다.

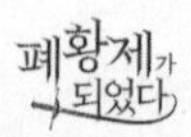

그는 설리반이 노움과 호빗을 어렵지 않게 설득할 것이라 보고 있었다.

언젠간 퀘스트가 완료될 것이라 믿고 있었던 것이다.

그럼에도 눈을 반짝인 것은 퀘스트 성공에 따른 보상과 연계 퀘스트 때문이었다.

'누굴 이용하라는 내용이 없어.'

이종족을 설득하는 것은 설리반을 이용하라 했고 도린 데로트의 실책을 막는 것도 타밀을 이용하라고 했다.

그런데 동맹을 맺으라는 퀘스트가 등장하였음에도 설리반을 이용하라는 내용은 없었다.

이것이 의미하는 것이 무엇이겠는가.

어떠한 형태로든 이종족과 의견을 나눈다는 뜻이다.

동맹을 맺고 본격적으로 교류를 시작하게 된다면 코렌스 개발 사업은 탄력을 받게 될 것이다.

드워프와 비견되는 기술력의 노움과 타고난 농사꾼인 호빗이 아니던가.

그들의 능력을 활용할 수 있다면 코렌스 개발은 규모는 물론이고 속도까지 빨라질 것이다.

물론 동맹을 성사시켜야 가능한 일이었으나 익스는 크게 걱정하지 않았다.

이종족을 설득할 방법이 무엇인지 알고 있었기 때문이다.

흥미로운 것은 연계 퀘스트만이 아니었다.

보상에도 절로 눈이 갔다.

–보관함 : 3/5

–소금 45, 금 8, 어선(중형) 2

보관함에 들어간 어선을 바라보던 익스의 시야에 메시지 창이 새롭게 생성되었다.

–보유 C포인트가 110을 넘었습니다. 상점 오픈이 가능합니다.

–최초 상점 오픈에는 C포인트 100이 필요합니다.

–C포인트 100을 지불하여 상점을 오픈하시겠습니까?

'머, 뭐야?'

익스는 내색하지 않기 위해 무진 애를 써야 했다.

당장이라도 회의를 마무리 짓고 싶었으나 꾹 참아 냈다.

발전의 시작

라칸은 새롭게 건설된 요새 망루에 올라 하늘산맥을 바라보았다.

새롭게 만들어진 요새에는 하늘 감시자라는 이름이 붙여졌다.

하늘산맥에 숨어 있는 도적들을 토벌하기에 앞서 세워진 일종의 전진기지인 셈이다.

그럴듯한 이름에 더불어 전진기지로서 활용될 것이라 한다면 많은 이들이 높고 튼튼한 성벽에 둘러싸인 웅장한 요새를 상상할 것이다.

그러나 이는 섣부른 추측이었다.

하늘 감시자 요새를 설명하자면 다음과 같았다.

잡초가 듬성듬성 자라난 공터를 중심으로 목조건물 10여 채가 옹기종기 모여 있고 이를 목책으로 둘러쌌다.

목책엔 3m 높이의 망루 2개가 포함되어 있었다.

이것이 전부였다.

물론 상세히 설명하자면 마구간과 숙소, 식량, 무기 창고가 있다고 해야 할 것이나 10여 채의 목조건물 안에 포함되어 있었다.

목조건물은 불에 약한 만큼 진흙을 발라 놓긴 하였으나 효과가 있을지는 의문이었다.

하늘 감시자라는 멋들어진 이름을 가진 요새치고는 조촐하다 못해 허술함이 느껴질 정도였다.

그나마 위치가 좋아 적이 화살을 날리더라도 목책에 가로막힐 것이다. 또한 적은 수로도 다수의 적을 막아 낼 전략적 요충지였기에 요새로서의 역할은 어느 정도 해낼 수 있었다.

무엇보다 도적 토벌을 위한 선발대가 도착하게 된다면 증축 공사가 예정되어 있었다.

그때가 되면 하늘 감시자 요새도 요새다운 모습을 보여 주리라.

하늘 감시자 요새의 책임자로 임명된 라칸은 50명의 병사들을 이끌고 있는 대장이었음에도 직접 망루에 올라 보초를 섰다.

'좋네.'

라칸은 하늘을 뚫어 버릴 것처럼 솟아오른 하늘산맥에서 눈을 떼지 못했다.

구름마저 가로막을 정도로 하늘산맥은 높고 거대했다.

"대장씩이나 되는 사람이 이런 곳에 있으면 어떡해."

라칸은 익숙한 목소리에 고개를 돌렸다.

망루에 오른 것은 오랜 친구이자 동료인 자반이었다.

"대장도 대장 나름이지. 훈련도 제대로 되지 않은 신병들에게 맡겨 두었다가 무슨 사달이 나게."

"부족하긴 하지."

"훈련은 어쩌고?"

"쉬는 시간도 있어야지. 마냥 굴린다고 실력이 늘겠어?"

"지금 그 말을 근위대장님께 전해 주면 안 될까?"

자반은 흠칫하면서 말했다.

"여기서 왜 근위대장님이 나오는 건데."

"왜 나오긴. 벌써 잊었어? 우릴 굴리던 걸 생각해 봐."

"그럴 만한 이유가 있었잖아. 근위대를 부활시키려고 하다 보니 좀 무리하신 거지."

라칸은 질린 표정으로 말했다.

"그걸 누가 모르나. 그래도 그 정도가 너무 심했지."

"결국엔 그만두셨잖아. 잊어버려. 굳이 싫은 기억을 떠올릴 필요는 없잖아."

"훈련의 훈 자만 들어도 저절로 떠올라서 그러지."

자반이 라칸의 어깨를 잡고 말했다.

"넘어가자. 힘들긴 했어도 결국엔 우리한테도 도움이 됐잖아. 고생한 만큼 보람도 있는 법이지."

"인정하긴 싫지만 확실히 달라지긴 했지."

자반은 라칸의 어깨에서 손을 떼고 망루 난간을 잡았다.

"달라진 정도가 아니야. 확실히 실력이 늘었어. 그러니까 잊어버려. 이젠 여기에 적응해야지. 앞으로 바빠질 거야. 당장은 도적 토벌뿐이지만 그 뒤엔 무슨 일이 일어날지 몰라. 자세히 듣진 못했지만 근위대장님 말씀에 따르면 폐하께서 이곳에 자리를 잡을 생각이신 것 같더라."

라칸은 깜짝 놀란 표정을 짓고 검지를 입에 가져갔다.

"야! 입조심해."

"애들은 저기 밑에서 쉬고 있다니까. 여기서 소리치지 않는 이상 들리지 않아."

두 사람은 작위가 없는 병사 출신이라고는 하지만 누구보다 제국과 황실을 따르는 자들이었다.

"그래도 조심해야지."

"하여간 까다롭다니까. 뭐, 그래서 대장이 되었겠지만."

"흰소리할 거면 내려가라."

"애들 쉴 때는 우리같이 높은 사람들은 알아서 피해 주는 게 예의다."

틀린 말이 아니었기에 라칸은 반박할 수가 없었다.

"그것보다 말이야, 넌 어떻게 생각해?"

"뭘?"

"폐, 가 아니라 그분 말이야. 달라진 것 같지 않냐?"

자반의 물음에 라칸이 잠시 망설이다가 답했다.

"그걸 우리가 어떻게 알아. 애초에 어떤 분인지도 모르는데."

"너도 여기 와서 그분과 식사를 했잖아."

"잘 모르겠지만 한 가지 확실한 건 거기서보단 자유로워 보이신다는 거지."

자반은 머리를 긁적이며 말했다.

"사실 말이야, 난 그분에게 큰 기대가 없었어. 가끔 지척에서 뵌 적이 있었는데 의욕이 없어 보이셨거든. 물론 이해 못할 건 아니지만 그래도 거기서는 영 그랬잖아. 그것 때문에 안타깝기도 했고. 근데 여기 와서 느낀 게, 역시 고귀한 분은 달라도 다르다는 거야."

무엄하게도 황제를 평가하였지만 라칸은 차마 아니라고 할 수 없었다.

자반의 지적은 옳았고, 이 문제에 대해 병사들끼리 모여 수차례 의견을 나누기도 했었으니까.

제국과 황실의 미래를 걱정하면서 말이다.

라칸이 고개를 끄덕이자 자반은 계속해서 말을 이어 나갔다.

"여기 막 도착했을 때만 하더라도 완전 촌이었잖아. 그런데 매일같이 달라지고 있어. 이젠 병력도 충원하고 도적까지 토벌할 정도가……."

자반은 말을 중간에 멈춰야 했다.

"저, 저게 뭐야?"

라칸이 하늘산맥을 가리키며 소리쳤기 때문이다.

자반은 차분함이 장점인 친구가 호들갑을 떨자 무슨 일인가 싶어서 손가락이 가리키고 있는 곳을 바라보았다.

하늘산맥과 평지의 경계선 부근에 무리를 이룬 인파를 확인할 수 있었다.

라칸은 자반의 대답을 기다리지 않고 망루에 설치된 종을 힘껏 때렸다.

땡땡땡.

그리고 재빨리 사다리를 타고 망루에서 내려와 휴식을 취하고 있던 병사들을 수습해 무장시켰다.

제국의 조직 개편을 위한 회의를 마무리한 익스는 침실로 자리를 옮겼다.

마무리했다고는 하지만 회의가 완전히 끝난 것은 아니다.

익스도 웬만하면 끝까지 자리를 지킬 생각이었으나 그럴 수

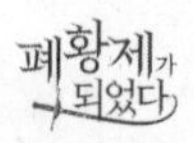

가 없었다.

지겨움이나 피곤함 때문이 아니었다. 호기심 때문이었다.

그렇다고 무작정 빠져나온 것은 아니었다.

익스는 할 일은 확실히 하고 나왔다.

우선 이번과 같은 회의를 국무회의라고 칭하고 정기적으로 열릴 수 있도록 명했다. 또한 감찰관 타밀에게 제안한 내용을 밝혔다.

당연히 누구랄 것 없이 크게 놀랐다. 하지만 이내 잘되었다는 반응을 보였다.

코렌스라면 누구의 방해도 받지 않으리라는 것을 알고 있었기 때문이다.

이후 익스는 회의장을 벗어나 침실로 들어섰다.

'뭔지 볼까.'

익스가 가진 호기심의 정체는 보상으로 받은 중형 어선과 갑작스레 나타난 상점이라는 존재였다.

익스가 무엇부터 확인할 것인지를 고민할 때였다.

–군주 지원 시스템에서 알려 드립니다. 사용자께서 요청하신 인구 353 배송이 완료되었습니다.

'이건 다르네.'

인재 같은 경우엔 익스에게 직접 배송이 되었고 배송 시간도 정확히 알려 주었지만 인구는 달랐다.

배송이 완료되었다는 메시지를 제외하고는 확인할 길이 없었다.

'어디에 있다는 거지?'

코렌스는 변방이다. 변방이 왜 변방이겠는가.

모든 것은 부족한 곳이고 개발도 제대로 이루어지지 않았다. 변방을 개발함에 있어 가장 중요한 것이 무엇일까?

바로 사람이다.

그런 의미에서 보자면 시스템이 제공한 인구 353은 최고의 보상 중 하나였다.

반가운 보상이긴 했지만 문젠 인구 353이 어디에 있는지 알 길이 없다는 것이다.

평소라면 불친절한 시스템을 잘근잘근 씹으며 인구가 어디에 있는지를 고민했을 테지만 지금은 아니었다.

'알아서 하겠지.'

시스템이 불친절하긴 하지만 엉터리가 아니라는 것을 잘 알고 있었다.

수차례 경험해 봤기에 알 수 있었다.

인구 배송이 완료되었다는 메시지가 떴다면 언제고 연락이 올 것이다.

"것보다……."

—상점을 개장하겠습니까?

익스는 상점 개장을 선택했다.

—C포인트 100을 차감하여 상점을 개장합니다.

—최초 상점 개장에 따라 무작위로 범주 1개를 개방합니다.

—범주 : 가축이 생성되었습니다.

확인한 메시지가 사라졌고 이어서 네모난 창이 생성되었다.

왼쪽 상단에는 가축이란 글자가 적혀 있었고, 그 옆으로 '+C100'라는 글자가 자리 잡고 있었다.

살펴야 할 것은 이것뿐만이 아니었다.

시선을 오른쪽 끝으로 옮기면, 그러니까 네모 창의 오른쪽 상단에 'C10'라고 적혀 있었다.

'대충 뭔지는 알겠는데…….'

'+C100'은 C포인트 100을 지불하면 새로운 범주가 주어진다는 것을 의미하는 듯했다.

마지막으로 C10은 보유하고 있는 C포인트를 말하는 것이리라.

'이게 좋은 건가?'

익스는 가축이라는 범주가 좋은 것인지 나쁜 것인지 파악하기 힘들었다.

상점이 제공하는 범주의 목록이라도 있었다면 비교를 통한 판단이 가능하겠지만 불친절의 대명사인 시스템이 그런 목록을 제공할 리가 없지 않은가.

'결국 포인트가 장땡이네.'

포인트만 충분했다면 시스템의 불친절이든 뭐든 간에 범주를 추가시켜 확인했을 테지만 아쉽게도 가지고 있는 포인트라곤 10이 전부였다.

익스는 묘하게 아쉬웠다.

가축보다 좋은 범주가 있으리란 보장은 없었지만 기대에 못 미치는 것은 사실이었다.

'없는 것보다 낫긴 하지.'

익스는 아쉬움을 뒤로하고 가축에서 살 수 있는 것이 무엇인지를 살폈다.

-닭 C1, 돼지 C2, 교체 C5

익스는 상점 사용법에 대해서 대략적으로 파악할 수 있었다.

당장 구입할 수 있는 것은 닭과 돼지일 것이고, 만약 현재 물건이 마음에 들지 않는다면 C포인트 5를 지불해 교체한다면 새로운 가축이 나온다는 것을 뜻하는 듯했다.

확실히 하기 위해서는 교체를 선택해 봐야 할 것이지만 포인트를 소모해야 했기에 익스는 시도하지 않았다.

C포인트가 넉넉했다면 몰라도 가지고 있는 포인트는 10에 불과했다.

"1마리를 준다는 건가?"

가축과 포인트만 나온 것이 전부였다.

"하여간 이놈의 시스템은 제대로 설명해 주는 것이 없어."

익스는 이를 갈며 말하고는 상점을 닫아 버렸다.

구하기 힘든 물건이었다면 포인트를 소모할 것이나 가축은 당장 필요한 것이 아니었다.

가축은 구하고자 한다면 얼마든지 구할 수 있었기에 굳이 포인트를 소모해 가면서 확인하고 싶지는 않았다.

지금은 C포인트를 아껴 하루빨리 100을 채울 때였다.

그래야 범주를 추가시킬 수 있으니 말이다.

'어선이나 보자.'

익스는 보관함을 열어 중형 어선을 소환했다.

―군주 지원 시스템에서 알려 드립니다. 땅에서 중형 어선을 소환하게 된다면 파손의 위험이 있습니다. 중형 어선을 소환하기 위해서는 바다가 필요합니다.

"바다로 가야 한다고?"

익스의 머릿속에 떠오른 것은 그물 마을이었다.

북부 코렌스에서 어선을 사용할 만한 곳은 그물 마을이 유일했으니 말이다.

'잠깐!'

중형 어선이 바다에서만 소환이 가능하다면 크기가 상당하단 뜻일 것이다.

강도 아니고 꼭 집어서 바다가 있어야 한다고 했으니 말이다.

커다란 어선이 있으면 당연히 잡아들이는 물고기가 많아진다.

중형 어선을 그물 마을에 넘겨준다면 '북부 코렌스의 개발' 퀘스트에 있는 어업 수치가 올라가게 될 것이다.

상점을 마음껏 이용하기 위해서는 C포인트가 필요하고, C포인트는 퀘스트 완료를 통해서만 얻어진다.

지금까지의 경험에 따르면 퀘스트 난이도에 따라 보상이 차등 지급되었다.

'북부 코렌스의 개발' 퀘스트의 난이도는 단연 최고였다. 이는 커다란 보상이 뒤따른다는 의미다.

'그물 마을에 가야겠네.'

행정조직 개편

토비는 익스가 자리를 비우자 남아 있는 사람들과 함께 중앙 홀에서 회의장으로 자리를 옮겼다.

이야기가 길어질 것이라 여긴 탓이다.

또한 중앙 홀은 대전과 같은 곳이었다.

황제인 익스가 자리를 비웠다면 신하들도 대전에서 물러나는 것이 에소니아 제국의 예법이었다.

회의는 총리로 임명된 토비가 주도해 나갔다.

"본인은 폐하께서 고안하신 12개 부처에 대해서는 이의가 없습니다. 거대한 제국을 지금까지처럼 6부 체제로 운영한다는 것은 쉬운 일이 아니었으니까요. 문제는 12개 부처가 당장은 필요치 않다는 것입니다. 폐하께서 말씀하신 것처럼 통합할 것은 통합하고, 제외할 것은 제외해야 합니다. 그러니 꼭 필요한 부처가 있다면 무엇인지 말씀해 주세요."

로인이 가장 먼저 의견을 냈다.

"국토부는 유지시켜야 할 것 같습니다. 코렌스 개발이 대대적으로 진행되는 만큼 개발을 총괄하는 부처가 있어야 할 것이고, 이에 가장 적합한 부처가 국토부 같습니다. 그리고 해양부와 농업부, 공업부는 코렌스 개발 사업과 연계되어 있는 만큼 국토부로 통합시킨다면 개발 사업에 큰 도움이 될 것입니다."

마티엔도 거들었다.

"내무와 외무, 교육, 정보, 법무부는 총리께서 직접 관리하셔야 할 것 같습니다. 이걸 굳이 나누기에는 다소 무리가 있어 보입니다."

두 사람의 의견에 토비는 고개를 끄덕였다.

"좋은 의견이군요. 본인도 그와 같은 생각을 가지고 있었소. 그렇다면 남은 것은 상업부와 궁내부군요."

토비는 알베스에게 눈길을 돌리고서 말을 이어 나갔다.

"총사령관께서는 어찌 생각하십니까?"

익스는 제국에 2명의 재상을 두었다.

그중 하나가 제국의 행정을 책임지는 총리였고 나머지 하나가 군정을 책임지는 총사령관이라는 자리였다.

총사령관으로 임명된 알베스가 답했다.

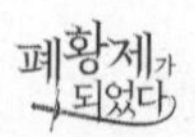

“본인은 행정에 대해서는 아는 것이 많지 않습니다. 세 분의 의견을 경청해 보니, 타당하다고 여겨집니다.”

토비는 알베스가 동의하자 곧바로 인사 작업에 들어갔다.

“그렇다면 로인 경이 국토부를 맡아 주시고, 마티엔 경께서는 궁내부와 재무부를 맡아 주세요.”

“제가 어찌 그렇게 큰 자리를 맡을 수 있겠습니까.”

마티엔의 거절에 알베스가 토비를 지원했다.

“마티엔 경께서는 폐하와 가장 많은 시간을 보내고 있습니다. 지근거리에서 폐하를 보필하시는 만큼 매우 적절한 인사인 것 같습니다. 힘드시겠지만 폐하를 위해 맡아 주셨으면 좋겠습니다.”

토비와 알베스가 직접적으로 말은 하진 않았지만 마티엔의 궁내부 장관 임명에 동의한 것은 그가 마법사라는 점이 크게 작용했다.

위기의 순간이라 할지라도 황제의 안전만큼은 확실히 확보가 가능하기 때문이었다.

또한 북부 코렌스 자체가 황실의 재산이었다.

즉 이곳에서 나오는 모든 것들이 황제 개인 자산에 속한다. 그렇기에 재무부를 궁내부에 포함시켜 버린 것이다.

로인이 말했다.

“마티엔 경께서 궁내부와 재무부를 맡아 주신다면 남아 있는 상업부는 셀비 경에게 맡기면 될 것 같습니다. 상단을 운영하고 있는 만큼 무리 없이 이끌어 나갈 수 있을 겁니다."

토비가 의견을 종합했다.

"좋습니다. 국토부, 상업부, 궁내부를 유지시켜 3부처 체제로 운영해 나가겠습니다. 조금 전 마티엔 경의 의견에 따라 내무, 외무, 교육, 정보, 법무부는 본인이 책임지겠습니다."

총리에게 너무 많은 일이 전가되는 것이라 여길 수도 있겠으나 실상은 그렇지 않았다.

대표적으로 교육부 같은 경우는 현재로서는 유명무실했고, 외교부도 마찬가지였다.

외교 대상 자체가 없었으니 말이다.

애초에 제국은 외교관이라는 존재가 없는 것이나 마찬가지였다. 인간들의 영역을 모조리 정복한 것이 바로 에소니아 제국이다.

사실상 인간들의 제국이라 해도 부족함이 없었다.

굳이 외교라 할 것을 찾아보자면 대영주들과의 관계를 우호적으로 유지하는 것인데, 이를 외교라 할 수는 없었다.

그럼에도 익스가 외교부를 만든 것은 앞으로 제국이 쪼개질 것을 알고 있었기 때문이다.

태양 신의 분노라 불리는 대가뭄 시대가 시작되면 살아남기 위한 약탈이 자행된다.

약탈이 빈번해지면 사람은 누구나 안전을 도모하게 되고, 스스로 보호할 수 없다면 보호해 줄 사람을 찾기 마련이다.

이는 자연스럽게 지방 영주를 비롯하여 힘을 가진 자들이 세력을 키워 나갈 기회가 되는 것이다.

야심 있는 자들이 이런 기회를 놓칠 리 만무했다.

2명의 황제가 존재하는 혼란스러운 제국에 이를 통제할 여력은 존재하지 않았다.

익스는 이때를 대비하여 외교부를 만들어 놓은 것이다.

이 말은 당장은 할 일이 없다는 것을 뜻했다.

법무부도 이와 같은 경우에 속한다.

제국에서는 황제의 뜻이 곧 법이었다.

단순히 생각하면 지금 법무부가 필요 없을 것 같으나 거대한 제국에서 일어난 모든 재판에 황제가 참여할 수는 없었다.

이에 법전을 만들고 판관이라는 황제 대리인을 파견해 법전을 바탕으로 죄인을 판결한다.

만약 황제가 모든 것을 처리할 수 있다면 법무부의 일은 생각보다 많지 않을 것이다.

황제가 사건을 파악하고 이에 맞는 합리적인 판결을 내리면 되니 말이다.

북부 코렌스 정도면 익스가 직접 처리가 가능했다.

이런 점에서 보자면 총리는 내무부와 정보부 일만 제대로 처리하면 되는 것이다.

"유지할 부서가 결정되었고 책임자까지 정리되었으니, 이를 폐하께 고하고 허락을 받도록 하겠습니다. 책임자로 예정된 분들께서는 필요한 인력을 확보하세요. 사람이 부족하다는 것은 다들 알고 있을 겁니다. 능력 있는 이를 확보하고자 부처 간에 알력 다툼이 있어서는 아니 될 것입니다. 서로들 조정을 하도록 하세요. 부서별 인력 확보는 다음 달에 있을 국무회의에서 보고를 받고 최종안을 폐하께 올려 제가를 받도록 하겠습니다."

여기서 회의가 끝난 것은 아니었다.

지금까진 총리가 담당하는 행정 쪽 일만 논의된 것이다.

총사령관이 담당하는 군정이 남아 있었다.

"그나마 군정은 크게 복잡하지 않습니다. 병력이 많았다면 이런저런 혼란이 일어났을 것이지만 현재 아군의 병력은 이제 400명을 넘어선 수준입니다. 폐하께서 계획하신 것에 따르면 4개 중대 수준인 것이죠."

알베스를 시작으로 군에 대한 논의가 시작되었다.

회의는 늦은 시간까지 지속되었다.

알베스가 깊게 숨을 내뱉으며 말했다.

"다들 수고가 많으셨습니다. 이쯤에서 마무리를 짓도록 합시다."

로인이 피곤함을 감추지 못하고 말했다.

"폐하께서 오래전부터 준비를 하셨던 것 같습니다. 언뜻 보았을 땐 몰랐으나 이렇게 논의를 통해 다양한 의견을 경청하니, 지금까지의 제국의 관료 조직이 대단히 비효율적이라는 것을 알게 되었습니다."

토비도 피곤한 얼굴로 답했다.

"이건 짧은 시간에 정리할 것이 아닙니다. 시간을 두고 천천히 진행해 나가야 할 것이오."

로인이 토비와 알베스를 번갈아 바라보며 물었다.

"폐하께서는 도대체 언제부터 이런 것을 준비하고 계셨던 겁니까? 이건 하루아침에 뚝딱 만들어 낼 수 있는 것이 아니지 않습니까?"

토비와 알베스가 서로 마주 보았고 이내 누구랄 것 없이 고개를 저었다.

로인은 입을 열지 못하는 두 사람을 향해 말을 이어 나갔다.

"두 분의 반응으로 보자면 아예 모르고 계셨던 모양이군요."

토비가 깊은 한숨과 함께 닫혀 있던 입을 열려고 하였으나 방해꾼이 나타났다.

시종 하나가 회의장을 찾아와 황제의 소식을 전달했다.

"폐하께서 내일부터 그물 마을과 새 바위 마을을 살펴보실 것이라 하셨습니다. 늦은 시간이지만 준비를 해 주셔야 할 것 같습니다."

아무래도 회의는 쉽사리 끝나지 못할 것 같았다.

도린은 활짝 열린 창가에 서서 밖을 바라보고 있었다.

거대한 도시가 도린의 시야에 들어왔다.

아네스.

데로트 가문의 주도이자 제국에서도 다섯 손가락 안에 꼽히는 대도시였다.

제국 서부 지역으로 한정한다면 엄지손가락을 올려야 했다.

서부 지역 최대 도시 아네스.

여기서 짚고 넘어가야 할 것이 있다.

제국 서부라고 한다면 일반적으로 코렌스는 제외된다.

공식적으로는 코렌스도 서부 지역에 포함되어 있으나 제국인들은 코렌스를 서부 지역에 포함시키지 않는다.

제국인들은 서부 지역을 크게 둘로 나누어 불렀다.

하늘산맥을 기준으로 왼쪽은 코렌스, 오른쪽은 제국 서부다.

제국인들이 서부 지역이라 말한다면 그것은 코렌스를 제외한 지역을 말하는 것으로 이해하면 된다.

제국인들에게 코렌스는 서부 지역의 일부가 아니라 변방, 미개발지, 비문명화 지역 또는 버려진 지역이라는 인식이 박혀 있었다.

사실 코렌스뿐만 아니라 서부 지역 전부가 제국인들의 인식 속엔 변방이라는 인식이 강했다.

제국의 발원지는 동부 지역이었고, 점차 시간이 지남에 따라 남부, 북부 지역까지 발전시켜 나갔으며 마지막으로는 서부 지역까지 발전의 손길이 닿기 시작했다.

기나긴 제국의 역사로 보자면 서부 지역은 이제 개발이 시작된 지역이나 마찬가지였다.

데로트 가문의 주도인 아네스가 서부 지역에서 손에 꼽히는 도시라 할지라도 제국인들에게는 그다지 흥미로운 대상이 아니었다.

그나마 데로트라는 신흥 명문가의 주도였기에 약간의 명성이 있을 뿐이다.

지방의 수많은 도시 중 하나였던 아네스가 제국에서도 손에 꼽힐 정도의 거대도시로 성장할 수 있었던 데에는 몇 가지 이유가 존재했다.

가장 큰 이유를 꼽아 보자면 황위 쟁탈전으로 촉발된 제국의 혼란이었다.

혼란은 지독한 내전으로 발전하였고 황도 내에서 백여 차례의 전투가 벌어짐으로써 황도는 폐허로 변한다.

데로트 가문이 극심한 혼란에 빠진 황도에서 황제를 구출해 아네스로 모시게 된다.

이로 인해 아네스는 자연스럽게 임시 황도라는 지위를 얻게 되었고, 데로트 가문은 황제를 손아귀에 넣음으로써 제국을 완전히 장악하게 된다.

아네스의 눈부신 발전은 바로 이때부터였다.

'아버지께서 갑작스레 돌아가시지만 않았더라면…….'

누구도 감히 반역을 꿈꿀 수 없었을 것이고 가문이 둘로 갈라지는 일도 없었을 것이다.

아버지가 그렇게 쓰러지지만 않았다면 가문은 물론이고 제국까지도 온전히 자신의 손아귀에 들어왔을 것이다.

도린의 귓가로 따가운 소리가 파고들었다.

"황도 수비대장 측에서 이전과 다르게 매우 빠르게 움직이고 있습니다."

"이젠 눈치도 보지 않고 멋대로 들어와 제집 앞마당처럼 돌아다니며 들쑤시고 있는 실정입니다. 이를 가만히 두고만 볼 수는 없는 일입니다."

"감찰 총관이 포섭되어 넘어갈 정도입니다. 각하, 남은 총관들도 크게 흔들리고 있습니다."

"한시라도 빨리 조치가 있어야 합니다."

도린은 머리가 지끈거림을 느꼈다.

일주일 동안 반복된 외침이다.

소리치는 자들은 문제만 지적할 뿐, 이러다 할 대책을 내놓지는 못했다.

"이런 중요한 시기에 도대체 감찰부장은 어딜 갔단 말입니까?"

"맞습니다. 감찰부장에게 책임을 물어야 합니다."

창밖을 바라보던 도린이 눈을 찌푸렸다.

이런 와중에도 파벌 싸움을 일삼는 가신들이 지긋지긋하게 느껴졌다.

감찰부장이 자리를 비운 것은 자신의 명에 의한 것이었다.

은밀하게 진행되어야 할 일이었기에 자신과 타밀을 제외하곤 아는 사람이 없었다.

"갑자기 감찰부장에 대한 이야기는 왜 나오는 것입니까!"

그렇다고 이 자리에 감찰부장을 공격하는 자들만 있는 것은 아니었다.

도린을 따르는 자들은 크게 둘로 나뉜다.

예로부터 데로트 가문을 따랐던 가신들과, 데로트 가문의 가주였던 데넥이 재상의 자리에 올라 제국을 장악하면서 오로지 능력만으로 선발해 등용된 자들이었다.

황제의 제안

감찰부장 타밀을 공격하는 자들은 가신 출신들이었고, 감찰부장을 옹호하는 자들은 새롭게 등용된 신진 세력이었다.

"감찰부장이 감찰관의 움직임을 파악하지 못하는 것이 말이 됩니까!"

"가타부타 말도 없이 그냥 사라지면 어떻게 하자는 겁니까. 적들이 날뛰는 이때에 감찰부에서 적극적으로 움직여야 하는 것이 아닙니까!"

"그렇게 따지면 내무부장의 책임도 피할 길이 없습니다. 얼마 전엔 내무 총관도 넘어가지 않았습니까. 그때는 가만히 있다가 지금에 와서 문제를 삼는 저의가 무엇이란 말입니까?"

내무부장은 가신 출신에 속한 자였다.

"저의라니요. 무슨 저의가 있단 말입니까. 그리고 내무부와 감찰부가 같습니까. 감찰부의 업무를 생각해 보세요!"

"그렇게 따지면 내무부는 무엇을 하고 있었다는 말입니까!"

시간이 갈수록 두 파벌 간의 다툼이 격해지고 있었다.

도린은 고개를 흔들며 몸을 돌렸다.

이대로 지켜보고 있다간 계속해서 다툼이 이어질 것이고, 결국 깊은 반목이 생길 것이다.

가문도 둘로 나뉜 상황에 여기서 또다시 분열을 겪을 수는 없는 일이었다. 가문을 통합할 때까지는 어렵더라도 두 파벌 모두를 안고 가야 했다.

도린이 나서서 다툼을 정리하려고 할 때였다.

반가운 소식이 전해졌다.

다툼의 원인이라고 할 수 있는 타밀이 도착했다는 소식이었다.

"들이라."

회의실 문이 열리며 타밀이 들어섰다.

방금 전까지만 하더라도 시장 바닥 같았던 회의장이 거짓말처럼 조용해졌다.

타밀에게 책임을 물어야 한다고 소리를 높였던 자들은 눈치만 볼 뿐, 이전처럼 입을 놀리지 못했다.

이것만으로 감찰부장 타밀의 위상이 어느 정도인지를 알 수 있을 것이다.

타밀의 위상이 높은 이유는 도린의 신임도 있을 것이지만 가장 큰 이유는 첫째 파 세력의 두뇌였기 때문이다.

여기서 말한 첫째 파란, 데로트 가문의 후계자 문제에서 비롯되었다.

데로트 가문의 수장인 데넥은 2명의 아들을 두었는데, 첫째가 사군 사령관인 도린이었고 둘째가 황도 수비대장인 토텔이었다.

현재 도린과 토텔은 데로트 가문의 후계자 자리를 놓고 다툼이 있는 상태였다.

첫째 파는 도린을 따르는 자들이고, 둘째 파는 토텔을 따르는 자들을 말하는 것이었다.

첫째 파가 둘째 파를 누르고 데로트 가문의 후계자 자리에 보다 가깝게 다가설 수 있었던 것은 바로 타밀 덕분이었다.

첫째 파가 2개의 계파로 나뉘었다고 해도, 가신 출신들도 타밀을 완전히 밀어낼 생각은 없었다.

타밀이 사라진다면 지금의 우위를 유지할 수 없을 거라는 것을 알고 있었던 것이다.

단지 가신 출신들의 영향력이 날이 갈수록 줄어드는지라 이를 제지하고자 신진 세력을 대표하는 타밀을 지속적으로 견제하는 것이었다.

회의장에 들어선 타밀이 도린에게 예를 올리고서 말했다.

"각하, 긴히 드릴 말씀이 있습니다."

타밀이 긴히 말할 것이 있다면 독대를 원하는 것이었다.

지금까지의 경험으로 보자면 타밀과의 독대로 손해를 본 적이 없었기에 도린은 재빨리 회의장을 채우고 있는 자들을 물렸다.

타밀을 견제하는 가신 출신들이 눈을 찌푸리긴 하였으나 도린의 명에 따라 그들은 회의장에서 물러났다.

도린은 신하들이 회의장을 비운 것을 확인하고 타밀에게 하소연하듯 말했다.

"자네가 제때 도착했어. 감찰 총관이 토텔에게 넘어갔다고 얼마나 시끄럽게 떠드는지 몰라."

감찰 총관이 감찰부의 수장이라고는 하지만 실질적인 업무는 그 밑에 있는 감찰부장이 처리한다.

과거엔 감찰 총관이 모든 일을 처리하였으나 데로트 가문의 가주이자 재상인 데넥이 죽고 나서 그의 두 아들인 도린과 토텔이 대립을 이어 나게 되자 변화가 생겼다.

도린은 개혁적인 인물로 통했고, 토텔은 보수적인 인물로 알려져 있었다.

당연히 변화를 원하는 자들은 도린에게, 흔히 말하는 기득권층은 토텔에게 몰려들었다.

대립 초기만 하더라도 둘의 세력은 엇비슷했으나 타밀이 전면에 나서자 상황이 돌변했다.

각 부서 총관들의 힘을 빼기 시작하더니 부장들에게 실권을 넘기도록 한 것이다.

총관들이 이것을 가만히 두고 볼 리가 없었다.

당연히 치열한 싸움이 벌어졌고, 결국 승리를 거둔 것은 타밀이었다. 이로 인해 각 부서의 수장인 총관은 실권을 잃고 명예직으로 전락했다.

"감찰 총관을 비롯한 각 부서의 총관들은 사실상 있으나 마나 한 자들입니다. 괘념치 마십시오. 지금과 같이 부장 자리만 확실히 틀어쥔다면 모든 총관들이 넘어가더라도 문제 될 것이 없습니다."

확신에 찬 타밀의 말에 어두웠던 도린의 얼굴이 밝아졌다.

"이미 알고는 있었지만 주변에서 시끄럽게 구는 통에 없던 불안이 솟아나더군. 하나 자네 말을 듣고 나니 불안감이 거짓말처럼 사라졌어."

"조금이라도 불안감이 남아 있다면 총관들을 모두 해임시키고 각하를 지지하는 자들로 채워 넣으면 되는 일입니다. 염려하실 필요 없습니다."

"말은 쉽지. 그게 어디 내 마음대로 될 일인가. 폐하의 허락이 있어야지."

"폐하께서는 허락하실 겁니다."

황제가 데로트 가문에 적대적인 것을 모를 리 없는 타밀이었다. 사실 황제에게 강요한다면 못 할 것도 없지만 자칫 잘못하다가는 둘째인 토텔에게 명분을 넘겨주는 일이 될 수도 있었다.

“하고자 한다면 못 할 것도 없지만 그렇게 했다가는 현재로선 뒷감당이 어려워져. 자네도 그걸 알고 있지 않은가.”

“폐하께서는 이전과 달라지셨습니다.”

“다르다? 도대체 무슨 말인지 모르겠군. 폐하께서 갑작스레 나를 지지해 주기라도 하신다는 말인가?”

“그렇습니다.”

“그게 말이…… 지금 뭐라고 했나?”

“각하께서 말씀하신 일이 일어났습니다.”

“도대체 그게 무슨 소리야?”

“폐하께서 코렌스로 이동하시는 도중에 큰일이 발생하였습니다. 하늘산맥을 넘어가는 도중에 암살자들의 습격을 받으셨습니다.”

도린은 깜짝 놀라 저도 모르게 소리쳐 물었다.

“폐하께서는 무사하신가?”

겉으론 충신의 모습처럼 보이지만 실상은 그렇지 않았다.

현 황제가 죽으면 반역자들이 세운 황제가 황위를 이어받는 그림이 그려지는지라 이를 걱정해 나온 행동이었다.

“다행스럽게 폐하께서는 무사하십니다. 다만 대공과 공작이 목숨을 잃었고 근위대도 근위대장을 제외하고는 모두 희생되었다고 합니다.”

도린은 주먹으로 탁자를 내리쳤다.

"폐하께서 코렌스로 넘어간 것은 은밀히 진행된 일이야. 도대체 어떻게 된 일인가. 암살자들이 어찌 알고 하늘산맥까지 가서 습격을 해?"

"그렇지 않아도 이 문제에 대해서 조사가 필요합니다. 그나마 다행스럽게도 폐하께서 암살자들과 관련된 결정적인 정보를 제공해 주셨습니다."

단서가 있다는 말에 도린의 안색이 조금이나마 풀렸다.

"그나마 다행이군. 도대체 어떤 놈이야?"

"조사가 필요합니다. 무턱대고 잡아들일 수는 없는 일이지요. 첩자가 하나만 있지는 않을 것입니다. 하나 이것보다 더 중요한 일이 있습니다. 드디어 폐하께서 결단을 내리셨다는 것이지요."

첩자를 잡는 일보다 중요한 일이 어디에 있단 말인가.

도린은 무슨 소린가 하는 반응을 보이다가 무엇인가를 떠올리고는 믿을 수 없다는 표정으로 물었다.

"설마, 폐하께서 나를 지지한다는 말이 진짜라는 말인가?"

"그 설마가 맞습니다."

타밀은 품에서 고급스러운 천에 둘러싸인 두루마리를 건넸다.

"각하를 재상으로 임명한다는 임명장입니다. 그리고 폐하께서는 각하를 전폭적으로 지지할 것이라 말씀하셨습니다."

"나를 재상으로 임명한다고?"

"그러하옵니다."

"사군 사령관은? 나를 재상으로 임명한다면 지금 이 자리는 어찌 되는 것이야?"

"겸임하시게 됩니다."

도린은 믿기지가 않았다.

이걸 받아 내기 위해서 지금까지 얼마나 고생을 했던가.

아버지가 갑작스럽게 돌아가시는 통에 후계자 지정을 받지 못했다. 그래서 상당수의 가신들이 동생인 토델에게 붙어 이 사달이 나지 않았던가.

지긋지긋한 후계자 싸움을 종결시켜 주는 열쇠 중 하나가 재상 임명장이었다.

'이걸 순순히 내줄 리가 없을 것인데.'

쉽게 줄 것이었다면 진작 내줬을 것이다.

"폐하께서 원하는 것이 무엇인가?"

타밀은 속으로 미소를 지었다.

자신이 도린을 주군으로 선택한 이유는 지금과 같은 모습 때문이었다.

객관적으로 보자면 도린은 총명하거나 현명한 지도자는 아니었다. 가진 능력에 비해 야심이 지나치게 큰 인물이었다.

이것만 보자면 주군으로서 부족하다고 여길 것이나, 도린은 야심에 비해 자신의 능력이 부족하다는 것을 스스로 잘 알고 있었다.

그렇기에 능력 있고 신뢰할 수 있는 인재를 우대했으며 인재의 말에 잘 따랐다.

그리고 아예 능력이 없는 것이 아니라 적당했기에 조금만 힌트를 주면 스스로 깨치는 경우도 종종 있었다.

바로 지금과 같이 말이다.

"폐하께서 원하시는 것은 황실과 제국의 존속입니다."

도린은 눈을 찌푸렸다.

"과한 요구야."

"아닙니다. 폐하께서는 현실을 직시하고 계십니다. 폐하께서는 하늘산맥 너머에 있는 코렌스 지방을 온전히 얻고자 하십니다. 그곳에 대한 확실한 권리를 각하께서 인정하시고, 에소니아 제국이 사라지지만 않는다면 된다고 하셨습니다."

도린은 오늘 여러 번 놀라고 있었다.

"그 말은 코렌스에서 벗어나지 않으실 것이란 말인가?"

"그렇습니다. 변방인 코렌스에서 새롭게 시작하길 원하고 계십니다. 황실의 기반을 코렌스로 옮기려는 것이지요. 그리고 코렌스 개발을 위해 지속적인 지원도 요청하셨습니다. 권리 인정과 자립할 수 있을 때까지의 보호와 지원을 원하십니다. 그렇게만 해 준다면 각하에게 모든 힘을 실어 주신다고 하셨습니다. 각하께서 원하신다면 황도 수비대장을 해임시킬 뿐만 아니라 그를 따르는 자들도 모조리 관직을 박탈할 것이라 말씀하셨습니다."

도린의 얼굴이 밝아졌다.

"폐하께서 드디어 노선을 확실히 하신 거로군."

"노선을 정하신 정도가 아니라 각하께 완전히 힘을 실어 주시는 것이지요. 폐하의 제안은 여기서 끝나지 않습니다."

"또 있다고?"

"만약 각하께서 후계자 문제를 완전히 정리한다면 각하를 총독으로 임명해 반역자들을 토벌토록 하신다는 뜻도 보여 주셨습니다. 그럼 사실상 각하께서 폐하를 대신하여 제국을 다스리는 것이나 다름없습니다."

도린은 도저히 믿기지 않는다는 표정으로 고개를 흔들었다.

총독이라는 자리는 돌아가신 아버지께서 고안하신 것으로 제국의 행정과 군권을 모조리 손에 틀어쥔 직책, 일인지하 만인지상의 자리였다.

사실상 제국의 실질적인 지배자였다.

"진정 총독으로 임명해 주시겠다고?"

"분명히 그렇게 말씀하셨습니다."

"지금 내가 꿈을 꾸고 있는 것인가?"

"꿈이 아니라 현실입니다. 폐하께서 정말 큰 결심을 하신 겁니다. 폐하의 제안을 받아들이셔야 합니다. 폐하의 의도는 명확합니다. 코렌스를 개발시켜 그곳을 기반으로 재기하실 생각일 것이나, 코렌스는 그야말로 변방 중 변방입니다. 그곳을 개발한다는 것은 하루아침에 끝날 일이 아니지요. 우리가 적극적으로 지원을 하더라도 10년이 걸릴지 20년이 걸릴지 알 수 없을 정도로 외진 곳입니다."

"그렇지. 거긴 하늘산맥이 있으니 말이야."

"그렇습니다. 하늘산맥을 넘는 유일한 길이 바로 하늘 길입니다. 보호하기에도 용이합니다. 많은 병력을 동원하지 않아도 얼마든지 보호가 가능합니다. 굳이 각하께서 나설 필요도 없습니다. 인근에 있는 영주들에게 명령만 내려도 되는 것이지요. 그리고 보호가 용이하다는 것은 달리 말하자면 고립시키기도 쉽다는 뜻이 됩니다. 언제가 될지는 모르겠지만 그리고 가능할지도 모르겠으나, 코렌스의 개발이 완료되어 폐하께서 그곳을 나오고자 하시더라도 하늘 길만 틀어쥐고 있으면 충분히 막아 낼 수 있습니다. 각하의 의도에 따라 얼마든지 통제가 가능합니다."

"폐하께서 그것을 모르지는 않으시겠지."

"폐하께서는 눈치채지 못하셨더라도 황실 내무관이 여전히 따르고 있습니다. 분명 이에 대해 알려 드렸을 겁니다. 소신의 생각으로는 현실을 직시하고 받아들이신 것 같습니다. 후일을 도모하겠다는 뜻일 겁니다."

"총독 자리를 내준다는 이야기까지 나온 마당에 이를 거부한다면 바보 같은 짓이지. 좋군. 아주 좋아! 드디어 이 빌어먹을 상황을 종식시킬 수 있겠어."

그물 마을 앞에서

상하는 물론이고 좌우로 요동치는 마차로 인해 익스는 짜증이 머리끝까지 치밀어 오른 상태였다.

그나마 양모 천으로 마차 안이 겹겹이 싸여 있어 엉덩이를 보호할 수 있었기에 망정이지 그렇지 않았다면 진즉 짜증이 폭발했을 것이다.

'젠장!'을 시작으로 온갖 상스러운 말을 내뱉는 대상이 마차일 것이라 여길 수도 있겠으나 이는 착각이었다.

익스를 태운 마차는 화려하게 치장되어 있진 않지만 튼튼할 뿐만 아니라 무게와 균형까지 감안하여 섬세하게 제작된 녀석이었다.

익스에게 익숙한 자동차만큼은 아니었지만 나름 괜찮은 승

차감을 뽐냈다.

무엇보다 황제가 타는 마차다.

이런 마차가 허투루 만들어질 리는 없지 않겠는가.

그렇다면 마차가 요동치는 이유는 무엇일까?

답은 길이다.

'이놈의 길을 갈아엎고 만다.'

코렌스의 길은 마치 변방이라는 것을 자랑이라도 하듯이 엉망진창이었다.

그럼에도 불구하고 익스가 지금까지 가도 포장에 적극적으로 나서지 않았던 것은 나무노래성을 비롯한 주요 마을의 일대가 평지였기 때문이다.

길이 포장되어 있진 않지만 평지였기에 수레나 마차가 이동하는 데 큰 어려움은 없었다.

물론 이동이 가능하다는 것이 쾌적한 승차감을 보장하는 것은 아니었다.

바로 지금처럼 말이다.

마차가 불편하다면 말을 타는 것이 한 가지 방법이 될 수도 있겠으나 아쉽게도 그럴 만한 처지가 아니었다.

흑마법사의 암살 시도를 마티엔의 도움으로 막아 내긴 했지만 이것이 완벽하게 안전을 보장하는 것은 아니었기에 마냥 안심할 수는 없었다.

황제를 죽이고자 하는 자들은 여전히 눈을 시퍼렇게 뜨고 기회를 노리고 있을 테니까.

여하튼 지금이야 지긋지긋한 마차였지만 그물 마을로 향하는 마차에 오르기까지 익스는 우여곡절이 많았다.

익스는 회의가 있었던 다음 날 곧바로 출발하려 했으나 처음부터 난관에 봉착했다.

황제의 행차에 필요한 호위의 핵심이라고 할 수 있는 마티엔이 자리를 비울 처지가 아니었다.

마티엔이 궁내부 장관으로 임명되었기에 해당 부처를 이끌어 갈 사람들을 채워 넣어야 했기 때문이다.

마티엔은 재빨리 인선 작업에 들어갔지만, 익스의 발목을 잡는 것은 이것만이 아니었다.

도적 토벌을 위한 전초기지 삼아 세워진 하늘 감시자 요새에서 353명의 이주민들이 찾아왔다는 보고가 들어왔다.

보고에 따르면 하늘산맥에서 터전을 잡고 살아가던 마을 2개가 도적들의 잦은 습격을 이겨 내지 못하고 이주를 선택했다고 한다.

당연한 일이겠지만 익스는 이주민 숫자가 퀘스트 보상과 동일했기에 곧바로 이주민을 받아들일 것을 명했다.

또한 나무노래성 아래에 마련된 물품 거래소를 중심으로 만들어질 도시에 정착시킬 것이라는 뜻을 내비쳤으나 대신들 모두가 반대에 나섰다.

이주민들 속에 도적들 첩자가 있을지도 모르고, 설사 첩자가 없더라도 황제가 머무는 성 인근에 신뢰할 수 없는 자들을 받아들일 수는 없다는 것이 대신들의 주장이었다.

이주민을 받아들이자, 말자로 의견이 갈리자 로인이 절충안을 내놓았다.

하늘산맥에서 내려온 이주민을 새 바위 마을에 정착시키고 새 바위 마을 출신 사람들을 나무노래성으로 이주시키자는 것이었다.

나무노래성 인근을 개발하기 위해서라도 인력이 필요한 상태였고, 익스는 이주민에 대한 일로 시간을 끌 생각이 없었기에 곧바로 로인의 의견을 받아들였다.

이것으로 끝이었느냐?

아니다. 마티엔이 마법 등 개발이 거의 완료 단계에 접어들었다면서 시간을 조금 더 달라고 요청했다.

결국 익스는 엿새가 지나고 나서야 마차에 오를 수 있었다.

흔들리던 마차가 멈췄다.

밖에서 마티엔의 목소리가 들려왔다.

"폐하, 도착하였습니다."

익스는 지긋지긋한 마차에서 벗어날 수 있다는 사실에 재빨리 밖으로 뛰쳐나갔다.

비릿한 바다 냄새가 익스의 코를 자극했다.

익스는 해풍을 가슴으로 안으며 걸음을 옮겨 내리막길이 시작되는 언덕에서 주변을 살폈다.

오른쪽으로 기암절벽, 왼쪽으로는 방패산맥 끝자락과 연결된 초승달 모양의 백사장이 보였다.

"사람이 사는 곳 같네."

익스의 말에 마티엔이 답했다.

"전보다 커진 것 같습니다."

익스는 마티엔이 설리반을 맞이하기 위해 그물 마을을 방문했다는 사실을 떠올렸다.

"한 달 하고 보름 전이었던가?"

"그 짧은 시간에 많이도 변한 것 같습니다."

"얼마나 바뀐 거지?"

"왼쪽에 있는 방패산맥 끝자락에 자리 잡은 어선 제작소는 이번에 새롭게 만들어진 것이고, 마을 중앙로와 연결된 나루터도 이전보다 2배는 커진 것 같습니다. 마을 외곽으로 창고도 눈에 띕니다."

마티엔이 큼지막한 것들만 이야기했다.

실제로 그물 마을은 이전에 마티엔이 방문했던 때보다 1.5배는 커졌다. 그리고 단순히 건물만 늘어난 것이 아니라 인구도 증가했다.

익스가 사정상 밖으로 나갈 수가 없었기에 체감하지 못하고 있었지만 북부 코렌스는 한 달 하고 보름 사이에 엄청난 변화를 겪고 있었다.

물론 워낙 낙후되어 있었던 곳인지라 조금만 달라져도 큰 변화가 일어난 것과 같은 착각을 불러일으킨다는 점을 부인할 수는 없다.

그럼에도 불구하고 달라지긴 확실히 달라졌다.

아니, 발전했다는 말이 잘 어울린다고 할까.

그러나 익스의 반응은 여느 사람과는 달랐다.

마티엔이 감탄하며 바라보았다면 익스는 실망을 드러냈다.

'지금도 엉망인데, 전에는 얼마나 심했던 거야?'

마을 중앙을 제외하고는 길이 제멋대로 이어져 있었다.

삼거리였다가 오거리였다가 심한 곳은 칠거리까지 보였다. 저런 식이라면 미로나 다름이 없지 않은가.

그나마 마을 중앙로라도 반듯해서 다행이었다.

'차라리 새로 만드는 것이 낫겠어.'

익스는 개발 사업에 더욱 적극적으로 나서야겠다고 마음먹었다.

이왕 만들 것이라면 제대로 만들어야 하지 않겠는가.

앞으로 그물 마을은 무역의 중심지가 되어야 할 곳이다.

해금령으로 인하여 조선술 자체가 소실되어 버린 상황에 무슨 무역이냐고 할 수도 있겠으나 배는 설리반과 이종족들을 이용하면 되는 일이었다.

어차피 무역이 시작될 때쯤에는 이종족들이 바다를 건너오는 형태가 될 수밖에 없었다.

일단 요정 대륙과 거래를 시작한다면 거래 규모는 빠르게

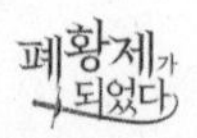

늘어날 것이다.

"새로 만들어야겠어."

익스의 중얼거림에 마티엔이 물었다.

"새롭게라니요?"

"앞으로 바다를 적극적으로 이용하게 될 것이야. 자네도 알다시피 요정 대륙 이종족과의 교역이 이루어질 거야. 그렇게 된다면 항구가 커질 수밖에 없지. 그런데 코렌스 북쪽 해안 지역에서 항구로 사용할 만한 곳은 이곳뿐이야. 짐의 생각으로 그물 마을 자체를 모조리 항구와 조선소로 개발하고 마을 백성들은 이주시키는 것이 좋을 것 같아."

"이종족과의 무역이 시작되고 규모가 커진다면 항구가 필요하긴 할 것입니다. 다만 이 문제는 소신보다 총리와 상의해 보시는 것이 좋을 것 같습니다."

모리스 가문.

제국 서부 지역의 맹주라 한다면 누구나 데로트 가문을 떠올릴 것이나 10년 전으로 시간을 거슬러 올라 물어본다면 모리스 가문이라 답할 것이다.

제국 서부 지역의 전통의 맹주는 모리스 가문이고 신흥 맹주가 데로트 가문이었다.

모리스 가문은 하늘산맥과 가까운 서쪽으로 치우쳐 있었고 데로트 가문은 동쪽에 자리를 잡고 있었다.

데로트 가문이 서부 지역의 신흥 맹주를 넘어 제국을 장악할 수 있었던 것도 모리스 가문의 지원이 있었기에 가능한 일이었다.

모리스 가문의 영지인 에나벨의 주도는 시안이다.

서부 지역 전통의 맹주답게 시안은 데로트 가문의 주도인 아네스와 더불어 서부 지역 최대 도시로 손꼽힌다.

시안의 거주지는 크게 남과 북으로 나뉘는데. 남쪽에서는 깨끗한 벽돌집들 사이로 멋을 뽐내는 큰집과 으리으리한 저택을 심심치 않게 접할 수 있었다.

북쪽은 남쪽과 완전히 달랐다.

벽돌집은 보이지도 않고, 대다수가 나무로 만들어진 판잣집이었다.

모리스 가문의 영지민들 중에서 가난한 자들이나 고향을 떠나 시안으로 상경한 자들이 모여 사는 곳이 바로 북쪽 거주지다.

모리스 가문의 영지민뿐만 아니라 제국 서부 지역 자유민들도 시안으로 몰려들었다.

시안이 아무리 거대할지라도 하루가 멀다 하고 몰리는 인력을 감당한다는 것은 애초에 불가능한 일이었다.

모리스 가문도 최대한 노력을 해 보았으나 결국 두 손을 들

수밖에 없었다.

그들이 할 수 있는 일이라고는 몰려드는 사람을 빈 땅에 몰아넣는 것이 전부였다.

통제를 벗어난 지역이었기에 사람들은 빈 땅이 보이면 나무판자를 세워 집을 지었다.

덕분에 북쪽 거주지의 골목길은 무질서하게 뻗어 있었다.

이곳에 살고 있는 자들도 간혹 길을 잃는 경우가 다반사다.

멀쩡하게 연결되어 있던 골목길 한복판에 집이 생겨났기 때문이다.

이토록 복잡한 길을 셀비는 능숙하게 헤쳐 나갔다.

마치 이곳의 골목길을 모두 꿰뚫고 있는 것 같았다.

왼쪽, 오른쪽, 직진, 다시 왼쪽으로 구불구불한 길을 헤쳐 나아감에 망설임이 보이질 않았다.

셀비는 북쪽 마을에 있는 건물들 중에서 제법 집다운 집 앞에 서서 주먹으로 문을 두드렸다.

'쿵쿵쿵' 하는 소리가 울렸음에도 문은 열리지 않았다.

그럼에도 불구하고 셀비는 별다른 표정 변화 없이 묵묵히 기다렸다.

10분이 흐른 뒤에 굳게 닫혀 있던 문이 열렸다.

비쩍 마른 사내가 얼굴을 내밀어 셀비를 확인했다.

"자네였군."

"아직도 그러고 있나?"

마른 사내가 어깨를 으쓱하면서 문을 열어 주었다.

셀비는 고개를 저으며 집 안으로 들어섰다.

아침임에도 집 안은 빛보다 어둠이 더욱 많았다.

어두운 집 안의 풍경은 주인의 마음을 그대로 투영하고 있는 것 같았다.

셀비는 텅 비어 있는 집 안을 살피다가 구석에 처박혀 있던 의자를 하나 꺼내 와 앉았다.

집주인은 구석에 몸을 기대어 바닥에 엉덩이를 붙였다.

두 사람은 말없이 바라만 보았다.

침묵이 이어지던 와중에 집주인이 쓴웃음을 짓고서는 입을 열었다.

"언제 온 건가?"

"어제 오후에 도착했네."

집주인의 이름은 멕신.

"난 약속을 지켰어."

멕신이 언급한 약속이라는 것은 바로 기다림이었다.

원래 계획대로라면 그는 에나벨(모리스 가문의 영지)을 떠날 생각이었지만 오랫동안 인연을 맺어 온 셀비가 아네스를 다녀올 때까진 남아 있어 달라고 부탁했던 것이다.

멕신은 한시라도 빨리 에나벨을 벗어나고 싶었다.

다른 이들에게는 희망의 도시이며 성공의 도시겠지만 멕신에게 있어서는 지옥이나 다름없는 곳이었으니까.

"고맙네. 문을 두드려도 반응이 없어서 떠난 것은 아닌지 걱정했었거든. 정말 다행이야."

멕신은 의아한 눈빛으로 셀비를 바라보았다.

"약속을 지켰으니 이유를 들어 보세. 날 기다리게 한 이유가 도대체 무엇인가?"

셀비는 멕신을 바라보았다.

왜소한 체구이긴 하지만 과거에는 살집이 있어 포근한 인상을 지니고 있었다.

그러나 지금은 큰 아픔을 겪은 탓인지 살이 빠졌다.

빠졌다기보다는 말랐다고 하는 것이 더욱 정확할 것이다.

그런 탓에 멕신의 인상은 과거와 달리 매우 날카로워졌다.

'이대로 사라질 인물이 아니야.'

종이 기술자는 어딜 가든 대우를 받겠지만 멕신이라는 인물이 종이 기술자로만 살아간다는 것은 상상할 수 없었다.

멕신의 진정한 가치는 종이를 만들어 내는 손 기술이 아니라 머리에 있었다.

"자넬 설득하기 위해서지."

'설득'이라는 말에 멕신의 얼굴이 잔뜩 일그러졌고 곧바로 분노를 드러냈다.

다음 권으로 이어집니다

ROK
MEDIA
로크미디어